講談社文庫

笑う女

大江戸閻魔帳㈣

藤井邦夫

講談社

目次

『笑う女　大江戸閻魔帳（四）』――人物紹介

青山麟太郎《あおやまりんたろう》　元浜町《もとはまちょう》の閻魔《えんま》長屋に住む若い浪人。戯作者《げさくしゃ》閻魔堂赤鬼《あかおに》。
蔦《つた》　日本橋通油町《にほんばしとおりあぶらちょう》の地本《じほん》問屋『蔦屋《つたや》』の二代目。蔦屋重三郎《じゅうざぶろう》の娘。
幸兵衛《こうべえ》　『蔦屋』の番頭。白髪眉《しらがまゆ》。
梶原八兵衛《かじわらはちべえ》　南町奉行所臨時廻《りんじまわ》り同心。
辰五郎《たつごろう》　岡《おか》っ引《ぴき》。連雀町《れんじゃくちょう》の親分。
亀吉《かめきち》　下《した》っ引《ぴき》。
おきぬ　通旅籠町《とおりはたごちょう》の裏長屋に住む、料理屋『初花《はつはな》』の仲居。
勇吉《ゆうきち》　おきぬの夫。大工。
真山京次郎《まやまきょうじろう》　小普請《こぶしん》組旗本の次男。料理屋『初花』の馴染み客。
宗右衛門《そうえもん》　日本橋室町《むろまち》の呉服屋『大角屋《おおすみや》』の隠居。
沢井英之助《さわいえいのすけ》　真山の仲間の浪人。
根岸肥前守《ねぎしひぜんのかみ》　南町奉行。麟太郎のことを気にかける。
正木平九郎《まさきへいくろう》　南町奉行内与力《うちよりき》。代々、根岸家に仕える。

笑う女

大江戸閻魔帳《えんまちょう》（四）

第一話　笑う女

一

霧雨は音もなく降っていた。

浜町堀《はまちょうぼり》の緩やかな流れは、小さな波紋を無数に重ねながら大川《おおかわ》に向かっていた。

番傘を差した青山麟太郎《あおやまりんたろう》は、通油町《とおりあぶらちょう》の馴染《なじみ》の一膳飯屋で遅い昼飯を食べ、浜町堀に出た。そして、浜町堀沿いの道を元浜町の閻魔《えんま》長屋に進んだ。

霧雨の舞う浜町堀の堀端には、行き交う人の姿は見えなかった。

麟太郎は、浜町堀沿いを元浜町に向かった。

質素な身形《みなり》の年増が、行く手の裏通りから傘も差さずに駆け出して来た。

うん……。

麟太郎は、戸惑いを浮かべた。

年増も麟太郎に気が付いて立ち止まった。

霧雨は舞った。
年増は霧雨に濡《ぬ》れ、髪を乱して裸足《はだし》だった。
笑っている……。
濡れた年増の顔は、まるで笑っているかのように歪《ゆが》んでいた。
麟太郎にはそう見えた。
年増は、濡れた顔を隠して浜町堀に架かっている汐見橋《しおみばし》を駆け渡って行った。
麟太郎は、声を掛ける間もなく見送った。
年増は、汐見橋を渡って霧雨の向こうに消え去った。
麟太郎の番傘から雫《しずく》が滴《したた》り落ちた。
霧雨は降り続いた。

翌朝、霧雨は止み、陽差しが腰高障子《こしだかしょうじ》を照らした。
麟太郎は、万年蒲団の中で眼を覚ました。
あっ……。
麟太郎は、掛蒲団を蹴飛ばして起き上がり、文机《ふづくえ》の上の紙を見た。
紙には何も書かれていなかった。

麟太郎は、頭を抱えて吐息を洩《も》らした。

枕元には、貧乏徳利《どっくり》と欠け茶碗があった。

前夜、麟太郎は地本《じほん》問屋『蔦屋《つたや》』の女 主《おんなあるじ》のお蔦《つた》に原稿料を前借りしている絵草紙の筆が進まず、酒を飲んでしまった。そして、何も考えつかない内に寝てしまったのだ。

おのれ……。

麟太郎は、だらしのない己に自己嫌悪に駆られた。

〆切りは既に過ぎている。

だが、もう少し待って貰《もら》うしかない……。

麟太郎は、お蔦に頭を下げる覚悟を決めた。

先《ま》ずは朝飯だ……。

顔を洗った麟太郎は、閻魔長屋を出て木戸の隣の閻魔堂に手を合わせた。

「麟太郎さん……」

下《した》っ引《ぴき》の亀吉《かめきち》がやって来た。

「やあ、亀さん……」

麟太郎は、亀吉を迎えた。

「此《これ》から朝飯ですかい……」

「ええ。昨夜、ちょいと遅くなりましてね」

麟太郎は苦笑した。

「そうですかい……」

「して、亀さんは……」

「此《こ》の先の通旅籠町《とおりはたごちょう》の裏長屋で人殺しがありましてね」

亀吉は声を潜《ひそ》めた。

「人殺し……」

麟太郎は、思わず聞き返した。

「ええ。昨日、勇吉《ゆうきち》って大工が長屋の自分の家で包丁で腹を刺されましてね」

「殺《や》ったのは誰ですか……」

「そいつがどうも、おきぬって女房の仕業らしいんですよ」

亀吉は囁《ささや》いた。

「おきぬって女房の仕業……」

「ええ。昨日から姿を消していましてね」

「勇吉とおきぬ、夫婦仲、普段から悪かったんですか……」

「隣近所の者の話じゃあ、亭主の勇吉、酒癖が悪くて、良く女房のおきぬを殴ったり蹴ったりしていたそうですよ」

「酒癖が悪くて殴ったり蹴ったりですか……」

「ええ。それで昨日も雨で大工仕事が休みになり、昼間から酒を飲んでおきぬを殴ったり蹴ったりして、おきぬが耐えきれず、思わず刺したんじゃあないかと……」

「そうですか……」

良くある話だ……。

麟太郎は、おきぬと云《い》う女房に同情した。

「で、長屋の者の話じゃあ、おきぬは傘も差さず、裸足で飛び出して行ったとか……」

「傘も差さずに裸足で……」

麟太郎は眉をひそめた。

「ええ。それで、昨日、見掛けた人がいないか、界隈の人に聞き込みを掛けているんですが、何分《なにぶん》にも一日中雨で……」

「見ました……」

「えっ……」

亀吉は、戸惑いを浮かべた。

「昨日、見ましたよ。傘も差さず、裸足で汐見橋を渡って行く年増を……」

麟太郎は、霧雨に濡れながら裸足で汐見橋を渡って行く年増を想い浮かべた。

「本当ですか……」

亀吉は念を押した。

「ええ……」

麟太郎は頷《うなず》いた。


通旅籠町の裏長屋の井戸端には、おかみさんたちが集まって囁き合っていた。

狭い家の中には血の痕があり、雑然としていた。

大工勇吉の死体は、既に検死も終えて浅草鳥越《あさくさとりごえ》の神松寺《しんしょうじ》の湯灌場《ゆかんば》に運ばれていた。

麟太郎は、亀吉によって裏長屋の勇吉おきぬの家に誘《いざな》われて来ていた。

「して麟太郎さん、おきぬは汐見橋から両国《りょうごく》広小路に向かって行ったんだね」

南町奉行所臨時廻り同心《みなみまちぶぎょうしょりんじまわり》梶原八兵衛《かじわらはちべえ》は、麟太郎に念を押した。

「ええ。私の見た年増がおきぬだったらそうなります」

麟太郎は頷いた。

「傘も差さずに裸足の年増。麟太郎さんの見た年増が、おきぬと決めても無理はないでしょう」

梶原は笑った。

「ええ、まあ……」

「よし。連雀町《れんじやくちよう》の、両国広小路におきぬの足取りを追ってみるのだな」

梶原は、岡《おか》っ引《ぴき》の連雀町の辰五郎《たつごろう》に命じた。

「承知しました」

辰五郎は、亀吉を従えて両国広小路に向かった。

「麟太郎さん、その時、おきぬはどんな様子でしたか……」

梶原は尋ねた。

「どんな様子だったかと云われても……」

麟太郎は眉をひそめた。

あの時、おきぬと思われる年増は、霧雨に濡れて笑っていた……。

麟太郎は思い出した。

あれは、笑っていたのではなく、泣いていたのかもしれない……。

麟太郎は、不意にそう思った。

「霧雨に濡れて、表情は余りはっきりしなくて……」

麟太郎が困惑を浮かべた時、腹の虫が盛大に鳴いた。

「すみません。未だ朝飯を食べてないので……」

麟太郎は詫《わ》びた。

「そうですか。良く分かりました。造作を掛けましたな」

梶原は苦笑し、麟太郎を労《ねぎら》った。

「いいえ。処《ところ》で梶原さん、ちょいと聞きますが、勇吉とおきぬ、子供はいなかったんですか……」

麟太郎は尋ねた。

「ああ、所帯を持って五年だそうだが、子供は出来なかったようだね」

「そうですか。じゃあ、おきぬも何か仕事をしていたのですか……」

「うん。不忍池《しのばずのいけ》の畔《ほとり》の初花《はつはな》って料理屋で通いの台所女中をしているって話だよ」

「料理屋初花の台所女中ですか……」

麟太郎は頷いた。

一膳飯屋には、早い昼飯の客がいた。

「はい。おまちどおさま……」

店の親父は、隅にいた麟太郎の前に浅蜊《あさり》のぶっかけ丼と味噌汁を置いた。

「おう。待ち兼ねた。戴《いただ》きます」

麟太郎は、味噌汁を啜《すす》って浅蜊のぶっかけ丼を食べ始めた。

「美味《うま》い……」

浅蜊のぶっかけ丼は美味かった。

「邪魔するよ」

二人の職人が入って来た。

「おう、いらっしゃい……」

店の親父が迎えた。

「親父、いつもの奴を頼むぜ」

「俺もだ」

「あいよ……」

二人の職人は、親父に注文をして麟太郎の背後に座った。

「聞いたかい。大工の勇吉が殺されたの……」

二人の職人は話し始めた。

「ああ。聞いたよ」

麟太郎は、浅蜊のぶっかけ丼を食べる箸《はし》を止めた。

「勇吉、酒癖が悪くて、普段からおかみさんを殴ったり蹴ったりしていたからな」

「きっと、おかみさんの堪忍袋の緒が切れちまったって処かな」

「うん。気の毒なのは、おかみさんの方かもしれねえな……」

「俺たちも気を付けねえとな……」

「うん。処で今度の普請《ふしん》だけど……」

二人の職人は、話題を変えた。

麟太郎は、浅蜊のぶっかけ丼を食べた。

世間の人々は、殺された大工の勇吉より刺した女房のおきぬに同情しているようだ。

麟太郎は知った。

酒癖の悪い亭主と殴られたり蹴られたりして来た女房……。

世間の見方は、仕方がないのかもしれない。

しかし、どのような理由があっても主殺しは極刑だ。

それにしても、勇吉の乱暴は所帯を持った時からなのか……。

もしそうなら、おきぬは何故《なにゆえ》に夫婦《めおと》になったのだろう……。

殴ったり蹴ったりする勇吉にも、それなりに良い処があったのか……。

それとも、勇吉は所帯を持ってから人柄が変わったのか……。

だとしたら何故《なぜ》だ……。

麟太郎は、浅蜊のぶっかけ丼を食べながら思いを巡らせた。


両国広小路は、露店や見世物小屋が連なり、大勢の人々が行き交っていた。

岡っ引の連雀町の辰五郎と下っ引の亀吉は、浜町堀からの道筋の町の木戸番に聞き込みを掛けた。

昨日の昼下り、雨に濡れた裸足の年増を見掛けなかったか……。

木戸番の中には、見掛けた者もいた。

おきぬは、麟太郎の読みの通り両国広小路に来たのだ。

辰五郎と亀吉は、両国広小路におきぬの足取りを追った。


地本問屋『蔦屋』の店先では、娘客が賑《にぎ》やかに役者絵の品定めをしていた。

「漸《よう》く話が出来そうになった時、亀さんが大工の勇吉殺しを持って来てな。つい、いろいろと。それ故、もう暫《しばら》く。此の通りだ。もう暫く待ってくれ。頼む……」

麟太郎は、地本問屋『蔦屋』の女主のお蔦に手を突いて頼んだ。

「もう、しょうがないわね。分かりましたよ。待ちますよ……」

お蔦は、溜息を吐《つ》いた。

「ありがたい。神さま、仏さま、お蔦さまだ」

麟太郎は、お蔦に手を合わせた。

「でも麟太郎さん、次はありませんからね」

お蔦は、麟太郎を睨《にら》んだ。

「云われる迄《まで》もない。御忠告肝《きも》に銘《めい》じます」

麟太郎は頷いた。

「処で麟太郎さん、大工の勇吉さん殺し、何か知っている事でもあるの……」

「うん。昨日、一膳飯屋で飯を食べて長屋に帰る時、霧雨に濡れた裸足の年増を見掛けてな。どうやらその年増が、勇吉を刺して逃げた女房のおきぬらしいんだな」

「へえ。そうなんだ……」

「うん……」

「噂《うわさ》をいろいろ聞いたけど、殺された勇吉さん、酒癖が悪くて、おかみさんを殴ったり蹴ったりするんでしょう」

お蔦は、嫌悪を露《あら》わにした。

「らしいな……」

麟太郎は頷いた。

「おかみさん、気の毒に、きっと我慢し切れなくなったんでしょうね」

お蔦は、おきぬを哀《あわ》れんだ。

「ま、そんな処かもしれぬが……」

麟太郎は首を捻《ひね》った。

「あら、違うって云うの……」

「いや。そうは云わぬが……」

麟太郎は、霧雨の中で笑ったように見えたおきぬが気に掛かってならなかった。

「もう。男は都合が悪くなると直《す》ぐ手をあげるんだから。麟太郎さんも同じなんじゃあないの……」

お蔦は、麟太郎に疑いの眼を向けた。

「冗談じゃあない。俺はそんな男じゃあない」

　麟太郎は苦笑した。

　閻魔長屋の井戸端では、おかみさんたちが大工の勇吉殺しの噂話に花を咲かせていた。

　麟太郎は、足早に己の家に入って腰高障子を閉めた。そして、おかみさんたちの話し声に聞き耳を立てた。

　おかみさんたちは、勇吉を自分の亭主と比べて罵《ののし》り、女房のおきぬを哀れんでいた。

　麟太郎は家にあがり、万年蒲団に大の字に横たわった。

　世間はおきぬの味方……。

　殺された亭主の勇吉より、殺した女房のおきぬの味方なのだ。

　麟太郎は、何故か引っ掛かるものを感じ続けていた。

　とにかく、おきぬが何処《どこ》にいるかだ……。

　おそらく辰五郎の親分と亀吉は、両国広小路の賑わいでおきぬの足取りを見失うだろう。

　おきぬを見付ける残る手立ては、立ち廻りそうな処を洗うしかない……。

ならば、立ち廻りそうな処をどうやって探すかだ。

よし……。

麟太郎は、蒲団から飛び起きた。

不忍池は煌《きら》めいていた。

麟太郎は、料理屋『初花』を訪ねた。

「女将《おかみ》さんですか……」

下足番の老爺《ろうや》は、白髪眉をひそめた。

「ええ。ちょいと訊《き》きたい事があって、逢《あ》いたいのだが……」

「ひょっとしたら、おきぬの事かい」

下足番の老爺は、おきぬの亭主殺しを知っているようだ。

「ええ……」

麟太郎は頷いた。

「お侍、何処の誰だい……」

老下足番は、冷たい眼を向けた。

「えっ。俺か、俺は南町奉行所と……」

麟太郎は、何とか誤魔化《ごまか》そうとした。

「ちょいとした拘《かかわ》りのある人だぜ……」

南町奉行所臨時廻り同心の梶原八兵衛が現れた。

「梶原さん……」

麟太郎は、微《かす》かな安堵を浮かべた。

「やあ、麟太郎さん……」

梶原は苦笑した。

「で、女将はいるのかい……」

梶原は、老下足番に訊いた。

おきぬは、奉公先の料理屋『初花』に姿を見せてはいなかった。

「どうぞ……」

女将は、梶原と麟太郎に茶を差し出した。

「うむ。造作を掛けるな……」

梶原は茶を啜った。

麟太郎は続いた。

「それで旦那、おきぬの事ですか……」

女将は、梶原に不安げに尋ねた。

「ああ。おきぬ、働き振りはどうだった」

梶原、湯呑茶碗を置いた。

「働き振りって、真面目で一生懸命に働いていましたよ」

女将は告げた。

「真面目で一生懸命にな……」

「ええ。板場のみんなやお客さまにも評判は良い筈《はず》ですよ」

「評判は良いか……」

梶原は頷いた。

「あの……」

麟太郎は、遠慮がちに声を掛けた。

「ああ、遠慮は無用だ。何でも訊きな」

梶原は苦笑した。

「はい。今、女将はお客さまにもと云ったが、おきぬは台所女中。お客とは……」

麟太郎は、戸惑いを浮かべた。

「いえ。おきぬは確かに台所女中として奉公しましたが、あの器量ですからね。今じゃあ仲居なんですよ」

女将は告げた。

「仲居ですか……」

おきぬは、料理屋『初花』の台所女中ではなく仲居だった。

「ええ……」

女将は頷いた。

「そうか、仲居か。おきぬが仲居となると話は変わるぞ……」

梶原は身を乗り出した。

「えっ……」

女将は、微かな怯《おび》えを過《よ》ぎらせた。

「じゃあ、仲居のおきぬに馴染客はいたのかな……」

梶原は、女将を見据えた。

「はい。そりゃあもう……」

「どんな客だ……」

「お店《たな》の旦那や御隠居さま。それに御旗本や御家人の方々ですか……」

女将は、料理屋に出入りする当たり障《さわ》りのない者たちをあげた。

「で、特に懇意にしていたのは誰かな……」

梶原は、女将に笑い掛けた。

「は、はい。おきぬは客あしらいが上手《うま》くて身持ちの固い女でしてね」

「特に懇意にしている客はいないか……」

梶原は眉をひそめた。

「いいえ。懇意にしているお客は、確かにいるんですが……」

「いるのか……」

「はい。でも、誰かは分からないんですよ」

女将は苦笑した。

「誰かは分からないが、懇意にしている客は確かにいるのだな」

梶原は念を押した。

「はい。間違いなく……」

「ならば女将、これぞと思う客を教えてくれ」

麟太郎は身を乗り出した。

二

夕暮れ時。

居酒屋に客は未だ少なかった。

梶原八兵衛と麟太郎は、隅に座って酒を飲み始めた。

料理屋『初花』の仲居のおきぬには、懇意にしている客が何人かいた。

麟太郎は、数人の男たちの名の書かれた紙を広げた。

男たちの名は、料理屋『初花』の女将の書いてくれた仲居のおきぬと懇意にしているると思われる客のものだった。

「この中に、おきぬの情夫《おとこ》がいるのかもしれませんね」

麟太郎は、名前を書いた紙を見ながら猪口《ちょこ》の酒を飲んだ。

「うむ。もし、情夫がいたなら亭主の勇吉殺し、話が変わるかもしれないか……」

梶原は酒を飲んだ。

「ええ……」

麟太郎は頷き、梶原の空になった猪口に酒を満たした。

「梶原の旦那……」

辰五郎と亀吉が入って来た。

「おう。御苦労さん……」

「いいえ。麟太郎さんも一緒でしたか……」

辰五郎は笑った。

「はい……」

「連雀町の、亀吉。ま、一杯やりな」

梶原は、辰五郎と亀吉に酌をした。

「畏れ入ります」

「戴きます」

辰五郎と亀吉は、酒を飲んで一息ついた。

「して、おきぬの足取り、分かったかい」

梶原は尋ねた。

「そいつが、両国広小路迄は追えたのですが、それ以後がどうにもはっきりしないいんですよ」

辰五郎は肩を落とした。

「そうか。雨が降っていて人出も少なかっただろうし、本所《ほんじょ》、浅草、神田《かんだ》に抜ける道もいろいろある。足取りを追うのは難しいか……」

梶原は頷いた。

「はい。後はおきぬが立ち廻りそうな処に狙いを付けるしかありませんね」

辰五郎は、溜息混じりに告げた。

「うむ。それで、おきぬを調べたのだが、おきぬは料理屋初花の台所女中じゃなくて仲居だったぜ」

「仲居……」

辰五郎と亀吉は顔を見合わせた。

「ああ、それで、仲居のおきぬが懇意にしていて、立ち廻るかもしれない客の名と所を初花の女将に書いて貰った……」

梶原は、麟太郎と料理屋『初花』の女将に逢って聞いた事を辰五郎と亀吉に報せ、仲居のおきぬが懇意にしていた客の名前などの書かれた紙を見せた。

「分かりました。明日から当ってみます」

辰五郎は頷いた。

「親分、俺も手伝います」

麟太郎は、張り切って身を乗り出した。

「良いんですかい、麟太郎さん。絵草紙の方は……」

亀吉は心配した。

「えっ。うん。ま、何とかなるさ……」

麟太郎は、手酌で酒を飲んだ。


翌日。

麟太郎と亀吉は、梶原や辰五郎と手分けをして仲居のおきぬが懇意にしていた客を訪ね歩いた。

料理屋『初花』の女将が教えてくれた懇意にしていた客は五人いた。

麟太郎と亀吉は、その内の三人を調べる事になり、先ずは神田須田町《すだちょう》の米屋の旦那を訪れた。

神田須田町の米屋の旦那は、おきぬが亭主の勇吉を殺した日は出掛けておらず、おきぬらしい年増が訪れた様子もなかった。

米屋の旦那は、どうやら仲居のおきぬと深い拘りはない……。

麟太郎と亀吉は見定めた。

次は、本郷御弓町《ほんごうおゆみちょう》に暮らしている真山京次郎《まやまきょうじろう》と云う小普請《こぶしん》組の旗本の部屋住みだった。

麟太郎と亀吉は、本郷御弓町の真山屋敷に向かった。

真山家は、京次郎の兄の敬一郎《けいいちろう》が当主の二百石取りの旗本だった。

「小普請組の旗本家の部屋住みが、料理屋の馴染になれますかね」

麟太郎と亀吉は、旗本屋敷街の中間小者《ちゅうげんこもの》たちにそれとなく聞き込みを掛けて真山家の内情を知った。

「真山家は、奥方に悴《せがれ》が三人、おまけに隠居。悴が三人もいれば部屋住みは用無し。家から貰う小遣いじゃあ、居酒屋通いも十日に一度が良い処でしょう」

麟太郎は睨んだ。

「じゃあ、部屋住みの真山京次郎、何か生業を持っているのかもしれませんね」

亀吉は読んだ。

「ええ。ま、とにかく今は、京次郎が屋敷にいるかどうかです。ちょいと聞いて来ます」

麟太郎は、真山屋敷の潜《くぐ》り戸《ど》を叩《たた》いた。

下男《げなん》が顔を出した。

「私は青山麟太郎と申す者だが、京次郎どのはいらっしゃるかな……」

麟太郎は、小細工なしで下男に尋ねた。

「京次郎さまにございますか……」

下男は、微かな戸惑いを浮かべた。

「左様、京次郎どのだ……」

麟太郎は、下男を見詰めた。

「きょ、京次郎さまはおいでになりません」

下男は、声を僅《わず》かに震わせた。

狼狽《ろうばい》している……。

麟太郎は、下男の狼狽に気が付いた。

「いない……」

「はい……」

「お出掛けか……」

「はい……」

「何処に……」

麟太郎は、狼狽した下男に畳み掛けた。

「わ、分かりません」

「分からないだと……」

麟太郎は、下男を厳しく見据えた。

「はい。京次郎さまは、一年前にお屋敷をお出掛けになられ、それ以来、お戻りにはなられておりません。ですから、京次郎さまはおいでになりません」

下男は、云い難《にく》そうに顔を歪めた。

真山家の者は、一年間も屋敷に戻らない京次郎に怒りと不安を感じている。

もし、京次郎が悪事を働いていたなら、累《るい》は真山家にも及ぶのだ。

京次郎は真山家の疫病神《やくびょうがみ》……。

麟太郎は、真山家の者たちの腹の内を読んだ。

「そうか。良く分かった。邪魔をしたな」

麟太郎は礼を述べた。

下男は、素早く潜り戸を閉めた。

麟太郎は苦笑し、亀吉の許に戻った。

「どうでした……」

「真山京次郎は、一年前に出掛け、以来屋敷に戻ってはいないそうです」

「一年前に出掛けたまま……」

亀吉は眉をひそめた。

「ええ。で、今は何処にいるかも分からないとか……」

「そうですか……」

「じゃあ、三人目の処に行きますか……」

「ええ。三人目は千駄木《せんだぎ》に住んでいる呉服屋の隠居です」

「千駄木なら……」

麟太郎と亀吉は、御弓町から本郷の通りに向かった。

本郷の通りを北に進み、追分《おいわけ》の三叉路《さんさろ》を東の道に進めば、千駄木になる。

麟太郎と亀吉は、千駄木に急いだ。


千駄木の団子坂《だんござか》辺りには、旗本屋敷や寺が並び、奥には田畑が広がっていた。

麟太郎と亀吉は、田畑の中を流れる小川沿いの土手道を進んだ。

土手道の奥には、屋敷林に囲まれた瀟洒《しようしや》な寮《りよう》があった。

瀟洒な寮は、日本橋《にほんばし》は室町《むろまち》の呉服屋『大角屋《おおすみや》』のものであり、お内儀《ないぎ》を亡くした隠居が下男夫婦と暮らしていた。

麟太郎と亀吉は、呉服屋『大角屋』の寮を訪れた。

麟太郎と亀吉は、下男に伴われて寮の庭先に廻った。

庭に面した縁側では、隠居の宗右衛門《そうえもん》が盆栽の手入れをしていた。

「御隠居さま……」

下男が声を掛けた。

「おお、御用の筋の方々ですか。さあ、どうぞ、お掛け下さい」

宗右衛門は、穏やかな笑みを浮かべて己の傍《かたわ》らの縁側を示した。

「お邪魔します」

麟太郎と亀吉は、宗右衛門のいる縁側に腰掛けた。

「おいでなさいまし。どうぞ……」

下男の女房が、茶を差し出して退《さ》がって行った。

麟太郎は、それとなく寮の気配を窺《うかが》った。

変わった気配は窺えない……。

麟太郎は、隠居の宗右衛門と下男夫婦の他に人がいる気配は感じられなかった。しかし、おきぬを寮とは別の場所に匿《かくま》っている事もあり得るのだ。

「さあて、お上《かみ》が此の隠居に何用ですかな」

宗右衛門は茶を啜った。

「御隠居さまは、不忍池の畔にある料理屋初花の仲居のおきぬを御存知ですね」

亀吉は訊いた。

「ええ。おきぬさんがどうかしましたか……」

宗右衛門は、微かな戸惑いを浮かべた。

「亭主の大工勇吉を刺して姿を消しましてね」

麟太郎は、宗右衛門を見据えて尋ねた。

「おきぬさんが御亭主を……」

宗右衛門は、僅かに顔色を変えた。

「ええ。それで御隠居が行方《ゆくえ》を御存知ないかと思いましてね」

「おきぬさんの行方など、存じませんが……」

宗右衛門は、湧き上がる狼狽を懸命に押し隠した。

「御隠居さま、御隠居さまは仲居のおきぬを贔屓《ひいき》にし、何かと懇意にしていたと聞きましたが……」

亀吉は、宗右衛門に探る眼を向けた。

「懇意に……」

宗右衛門は、微かな怯えを過ぎらせた。

「ええ。懇意に。違うのですか……」

亀吉は、厳しく見据えた。

「そ、それは……」

宗右衛門は、言葉に詰まった。

「御隠居、仲居のおきぬ、どのような女でしたか……」

麟太郎は訊いた。

「どのような女……」

宗右衛門は、白髪眉をひそめた。

「はい……」

麟太郎は、宗右衛門を見据えて頷いた。

「おきぬは優しい女です……」

宗右衛門は、大きな溜息を吐いた。

「優しい女……」

麟太郎は眉をひそめた。

「ええ。男として役に立たない年寄りでも添い寝をしてくれる優しい女ですよ」

宗右衛門は、微かな苦笑を過ぎらせた。

「そうですか……」

麟太郎と亀吉は、宗右衛門とおきぬの拘りを知った。

「それで、おきぬが刺した亭主、命は……」

宗右衛門は尋ねた。

「死にました……」

麟太郎は教えた。

「死んだ……」

宗右衛門は息を飲んだ。

「ええ……」

「ならば、主殺しですか……」

宗右衛門は呆然とした。

「ええ。主殺しは天下の大罪。それ故《ゆえ》、匿ったり、逃がしたりすれば同罪。下手《へた》をすれば家族にも累が及びます。呉々《くれぐれ》も気を付けるが良いでしょう」

麟太郎は眉をひそめた。

「はい……」

宗右衛門は項垂《うなだ》れた。

「じゃあ亀さん……」

麟太郎は、亀吉を促して縁側から立った。


千駄木の田畑の緑は、微風に揺れていた。

麟太郎と亀吉は、小川沿いの土手道を団子坂に向かった。

「宗右衛門、おきぬが亭主の勇吉を殺した事も行方も知りませんでしたね」

「ええ。そいつは間違いないでしょう」

麟太郎は頷いた。

「じゃあ、勇吉殺しには拘りなしですね」

「はい……」

麟太郎は頷いた。

「優しい女ですか……」

亀吉は、吐息を洩らした。

「ええ。役に立たない年寄りに添い寝をしてくれる優しい女……」

「宗右衛門、礼金を弾《はず》んだんでしょうね」

亀吉は読んだ。

「きっと……」

麟太郎は頷いた。

「優しいのか、金欲しさなのか……」

亀吉は眉をひそめた。

「何《いず》れにしろおきぬは、亭主に虐待されて来た哀れな女だけではないって事ですか……」

麟太郎は、漸くおきぬの隠されていた顔の一つを見た思いだった。

「ええ。さあて、親分と旦那の方の二人はどうでしたかね……」

「そいつを早く知りたいですね」

麟太郎と亀吉は先を急いだ。

南町奉行所臨時廻り同心の梶原八兵衛と岡っ引の連雀町の辰五郎は、仲居のおきぬが懇意にしていた大名家勘定方組頭《かんじょうかたくみがしら》と油問屋の若旦那を当っていた。

駿河国汐崎藩《するがのくにしおざきはん》江戸上屋敷詰の勘定方組頭は、仲居のおきぬを贔屓にして口説いていたのは認めたが、情を交わした事は頑《がん》として否定した。

そして、勘定方組頭は汐崎藩江戸上屋敷内に与えられた組屋敷に妻子と共に住んでおり、仲居のおきぬを匿う余裕はなかった。

今の処、勘定方組頭の言葉を信じるしかない……。

梶原と辰五郎は、浅草駒形町《こまがたちょう》の油問屋に向かった。

油問屋の若旦那は、仲居のおきぬと情を交わしていた事をあっさり認めた。そして、おきぬを抱く度《たび》に金を払っていた事を告げた。

金……。

おきぬは、若旦那を金蔓《かねづる》として扱っていた。

若旦那は歳も十八と若く、年増のおきぬを庇《かば》う義理も愛情もない。

仲居のおきぬと油問屋の若旦那は、只の遊びで情を交わしていた間柄なのだ。

「汐崎藩勘定方組頭と油問屋の若旦那、逃げているおきぬと拘りはなさそうですね」

麟太郎は睨んだ。

「うん。ま、汐崎藩勘定方組頭はもう暫く見守る必要があるが、若旦那は間違いないだろうな……」

梶原は頷いた。

「で、麟太郎さんと亀吉が当った者の中で怪しいのは、本郷御弓町の旗本の部屋住みの真山京次郎ですか……」

辰五郎は睨んだ。

「ええ。何処にいるかも分かりませんし、おきぬも一番逃げ込み易《やす》い相手と云えます。きっと……」

麟太郎は読んだ。

「あっしもそう思います」

亀吉は頷いた。

「ならば、その真山京次郎が何処にいるのかだな……」

梶原は眉をひそめた。

「はい……」

麟太郎は頷いた。

「本郷御弓町の旗本家の部屋住みの遊び人なら、蜷局《とぐろ》を巻いていたのはおそらく湯島《ゆしま》天神《てんじん》、神田明神《みょうじん》の盛り場。仕切っている地廻りにでも訊けば、真山京次郎の居場所が分かるかもしれませんね」

辰五郎は読んだ。

「ならば亀さん、その辺りから追ってみますか……」

麟太郎は張り切った。

「えっ、ええ……」

亀吉は苦笑した。

梶原と辰五郎は汐崎藩勘定方組頭を見張り、麟太郎と亀吉は御家人の部屋住み真山京次郎を捜す事にした。

三

飲み屋の連なる盛り場には、酔っ払いの馬鹿笑いと酌婦《しゃくふ》の嬌声《きょうせい》が響いていた。

神田明神や湯島天神の盛り場は、地廻りの明神一家が取り仕切っていた。

「邪魔するぜ……」

亀吉と麟太郎は明神一家の暖簾《のれん》を潜り、丸に明の一字が書かれた提灯《ちょうちん》が長押《なげし》に並んだ広い土間に入った。

「なんだい、お前さんたちは……」

二人の三下《さんした》は、賽子《さいころ》遊びの手を止めずに亀吉と麟太郎を迎えた。

「ちょいと訊きたい事があってね……」

亀吉は告げた。

「へえ、なんだい、訊きたい事って……」

三下たちは、賽子遊びを続けた。

「うん。知っているかな、本郷は御弓町の真山京次郎って旗本の部屋住み……」

亀吉は訊いた。

「真山京次郎って部屋住み……」

「ああ……」

「知らねえな。そんな奴……」

三下は、賽子遊びを続けた。

刹那《せつな》、麟太郎は三下を蹴り飛ばした。

三下は、悲鳴を上げて土間に飛ばされた。

「や、野郎……」

残る三下が驚き、怯んだ。

「他人《ひと》の話はしっかり聞くもんだ」

麟太郎は脅した。

「どうした……」

地廻りたちが、家の奥から飛び出して来た。

「あ、兄貴、此の野郎どもが……」

三下は、土間に飛ばされた仲間を助け起こしながら訴えた。

地廻りたちは、入り口の腰高障子を素早く閉めて麟太郎と亀吉を取り囲んだ。

「何処の誰だい、お前さんたちは……」

赤ら顔の地廻りの親方が框《かまち》に出て来た。

「お前が地廻りの親方か……」

麟太郎は笑い掛けた。

「ああ……」

赤ら顔の親方が頷いた。

次の瞬間、麟太郎は框に跳びあがり、親方を背後から押さえて首を締めた。

親方の赤ら顔は、首を締められて一段と赤くなった。

「親方……」

地廻りたちは驚き焦り、熱《いき》り立《た》った。

「手前《てめえ》……」

麟太郎は、笑いながら尚《なお》も首を締めた。

「手下の躾《しつけ》がなっていないな……」

「す、すまねえ……」

親方は、苦しげに踠《もが》きながら嗄《しやが》れ声《ごえ》を震わせた。

「本郷は御弓町の真山京次郎って御家人の部屋住みを知っているか……」

麟太郎は訊いた。

「だ、誰か知っているか……」

親方は、赤ら顔を蒼く変えて嗄れ声を引《ひ》き攣《つ》らせた。

「ええ。知っていますぜ……」

痩《や》せた地廻りが進み出た。

「だったら、何処にいるか、さっさと教えて貰おうか……」

亀吉は十手《じつて》を見せた。

「こ、こりゃあ、お上の……」

地廻りたちは怯んだ。

「何処にいるんだ。真山京次郎……」

「いつも湯島天神のお多福《たふく》って飲み屋で蜷局を巻いていますぜ」

瘦せた地廻りは告げた。

「湯島天神のお多福……」

亀吉は念を押した。

「ええ……」

瘦せた地廻りは頷いた。

「よし……」

麟太郎は、親方の首から腕を外した。

親方は、激しく咳《せ》き込《こ》みながらその場にへたり込んだ。

「兄い、名前は……」

麟太郎は、瘦せた地廻りに尋ねた。

「伊吉《いきち》……」

瘦せた地廻りは名乗った。

「ならば伊吉、湯島天神のお多福に案内して貰おうか……」

麟太郎は、伊吉に笑い掛けた。

「はい……」

伊吉は頷いた。

「邪魔したな、親方……」

「お侍、名前は……」

親方は、麟太郎に暗い眼を向けた。

「俺かい。俺は閻魔堂の赤鬼《あかおに》って者だ。文句があるなら地獄に来な」

麟太郎は、不敵に云い放った。

湯島天神門前町《もんぜんちょう》の盛り場は、夜が更けると共に賑わった。

地廻りの伊吉は、酔っ払いの行き交う飲み屋の間を進んだ。

麟太郎と亀吉は続いた。

伊吉は、酔っ払いの間を進んで或《あ》る飲み屋の前で立ち止まった。

飲み屋の薄汚れた腰高障子には、『お多福』と大きく書かれていた。

「此処《ここ》ですぜ……」

伊吉は振り返った。

「お多福か……」

亀吉は、『お多福』を窺った。

客の馬鹿笑いが響いた。

「ええ。真山京次郎、いつも遊び仲間と屯《たむろ》していますよ」

伊吉は苦笑した。

「お多福の主、どんな奴だ……」

亀吉は訊いた。

「へい。元は博奕打《ばくちう》ちの親父です」

「よし。此から店に入るが、真山京次郎がいたらそっと報せるんだぜ」

亀吉は、厳しく云い聞かせた。

「へい……」

伊吉は頷いた。

「じゃあ……」

亀吉は、麟太郎に目配せをした。

「はい……」

麟太郎は頷いた。

「邪魔するぜ……」

亀吉は、飲み屋『お多福』の薄汚れた腰高障子を開けた。

飲み屋『お多福』では、浪人や博奕打ち風の男たちが酒を飲んでいた。

亀吉、伊吉、麟太郎は、眼の鋭い禿頭《とくとう》の親父に迎えられて隅に座り、酒を頼んだ。

「どうだ。いるか、真山京次郎……」

亀吉は、伊吉に尋ねた。

「いませんぜ……」

伊吉は、首を横に振った。

「おまちどお。珍しいな、伊吉の兄い……」

禿頭の親父は、持って来た徳利を置いた。

「ああ。偶《たま》には見ケ〆料《みかじめりよう》を取るばかりじゃあねえってのを見せなきゃあな」

伊吉は苦笑した。

「そいつは、良い心掛けだぜ」

禿頭の親父は苦笑し、板場に戻って行った。

「上出来だぜ……」

亀吉は、麟太郎と伊吉、そして己の猪口に酒を満たした。

「伊吉、真山が来たら直ぐに報せるんだぜ」

「はい……」

伊吉は酒を飲んだ。

客が出入りし、四半刻《しはんとき》（約三十分）が過ぎた。

「あっ……」

伊吉は、入って来た背の高い浪人を見て小さな声をあげた。

「真山京次郎か……」

麟太郎は、浪人を見詰めた。

「いえ。真山京次郎の仲間の沢井英之助《さわいえいのすけ》って浪人です……」

伊吉は囁いた。

浪人の沢井英之助は、顔見知りの先客たちと酒を飲み始めた。

「真山京次郎と落ち合うのかもな……」

麟太郎は読んだ。

「ええ……」

亀吉は頷いた。

半刻《はんとき》（約一時間）が過ぎた。

真山京次郎は現れなかった。

そして、浪人の沢井英之助が座を立った。

「沢井、帰るつもりですね」

「よし。私が追ってみます」

麟太郎は亀吉に告げ、店から出て行く沢井英之助を追った。

「気を付けて……」

亀吉は、麟太郎を見送った。


浪人の沢井英之助は、飲み屋『お多福』を出て盛り場の出入口に進んだ。

麟太郎は追った。

沢井は、真山京次郎のいる処に行くとは限らない。

その時はその時……。

麟太郎は、沢井を追った。

浪人の沢井英之助は、湯島天神門前町の盛り場を出て裏通りに進んだ。

麟太郎は尾行《つけ》た。

沢井は裏通りを進み、湯島天神の男坂と女坂の傍を抜けて尚も進んだ。

不忍池に一枚の枯葉が舞い落ち、水面《みなも》に映《は》える月影は小さく揺れた。

浪人の沢井英之助は、不忍池の畔を下谷《したや》広小路に向かった。

麟太郎は、慎重に尾行た。

沢井は、立ち止まって振り返った。

麟太郎に隠れる暇はなかった。

「何故、俺の後を尾行る……」

沢井は、麟太郎を見据えた。

「ちょいと聞きたい事があってな」

麟太郎は開き直った。

「聞きたい事だと……」

沢井は眉をひそめた。

「ああ……」

「何かな……」

「真山京次郎と云う御家人の部屋住み、知っているな……」

「真山京次郎……」

「ああ……」

「真山京次郎がどうかしたのか……」

沢井は小さく笑った。

「ちょいとな。今、何処にいるのか知っているなら教えて貰いたい」

「幾《いく》らだ……」

「幾ら……」

麟太郎は、戸惑いを浮かべた。

「ああ。真山京次郎の居所、知りたければ幾ら出す……」

沢井は、狡猾《こうかつ》さを滲《にじ》ませた。

「金で売るか……」

麟太郎は眉をひそめた。

「所詮《しょせん》は強請集《ゆすりたか》りで食い繫《つな》いでいる貧乏浪人、義理や人情で飯は食えぬからな。で、幾ら出すのだ……」

沢井は、薄笑いを浮かべた。

「成る程……」

麟太郎は、妙に納得出来た。

「で、幾らだ」

「うん。出して一分《いちぶ》かな……」

麟太郎は、お蔦から前借りした稿料の残金を想い浮かべた。

「一分だと……」

沢井は、微かな怒りを滲ませた。

「ああ。俺も貧乏浪人、それしか出せぬ」

麟太郎は苦笑した。

「ならば、真山京次郎の居場所、教えられぬな……」

沢井は、嘲笑を浮かべて踵《きびす》を返した。

「そうはいかぬ……」

麟太郎は、沢井を追った。

刹那、沢井は振り向き態《ざま》に刀を一閃《いっせん》した。

麟太郎は、素早く飛《と》び退《の》いて躱《かわ》した。

沢井は踏み込み、飛び退いた麟太郎に二の太刀、三の太刀を放った。

麟太郎は、躱しながら刀を抜き打ちに放った。

閃光が瞬《またた》き、甲高《かんだか》い音が短く鳴り、火花が飛び散った。

麟太郎と沢井は、激しく斬り結んだ。

砂利が砕け、草が千切れ、闇が揺れた。

麟太郎は、刀を一閃した。

閃光が走った。

沢村は、利き腕を斬られて刀を飛ばした。

刀は飛んで不忍池に落ち、水飛沫《みずしぶき》を煌めかせた。

麟太郎は、沢井に刀を突き付けた。

沢井は仰《の》け反《ぞ》り、利き腕から血を滴り落とした。

「真山京次郎は何処にいる……」

麟太郎は笑い掛けた。

「い、入谷《いりや》だ……」

沢井は、怯えを滲ませた。

「入谷の何処だ」

「鬼子母神《きしもじん》近くの精妙寺《せいみようじ》の家作《かさく》だ……」

沢井は、悔しげに告げた。

「入谷は精妙寺の家作か……」

「ああ……」

「嘘偽《うそいつわ》りはあるまいな……」

麟太郎は念を押した。

「何故、真山京次郎を追っているのかは知らぬが、俺が売ったと気が付かれぬように始末してくれ……」

沢井は苦笑した。

嘘偽りはない……。

「心得た……」

麟太郎は見定め、刀を引いた。

東叡山寛永寺《とうえいざんかんえいじ》の亥《い》の刻《こく》四つ（午後十時）を報せる鐘の音は、月明かりに輝いている不忍池に響き渡った。

陽の当っている腰高障子に女の影が映えた。

薄暗い家の中では、麟太郎が鼾《いびき》を掻《か》いて眠っていた。

腰高障子が叩かれた。

麟太郎は眼を覚ました。

腰高障子は尚も叩かれていた。

「おう。開いているぞ」

麟太郎は怒鳴り、寝返りを打った。

「お邪魔しますよ」

腰高障子を開け、お蔦が入って来た。

「えっ……」

麟太郎は、跳ね起きて万年蒲団を二つに畳んで壁際に押した。

「あらま。昨夜は遅く迄、お仕事だったようですね」

お蔦は、文机の上の何も書かれていない紙の束や乾いた硯《すずり》と筆を一瞥《いちべつ》し、嫌味を云った。

「いや。まあ……」

麟太郎は狼狽《うろた》えた。

「良いんですよ、〆切りに幾ら遅れても。もう前借りはないって事だけですから……」

お蔦は厳しく告げた。

「に、二代目。例の亭主の勇吉殺しだが……」

「気の毒なおきぬさん。幾ら乱暴者でも亭主は亭主。乱暴に耐えかねて思わず殺してしまっても、主殺しは天下の大罪……」

お蔦は、おきぬを哀れんだ。

「いや。二代目、どうやらおきぬはそんなに気の毒じゃあないようだ」

麟太郎は、厳しい面持ちで声を潜めた。

「気の毒じゃあない……」

お蔦は、戸惑いを浮かべた。

「ああ……」

麟太郎は、深刻な顔で頷いた。

「何が気の毒じゃあないのよ」

お蔦は眉をひそめた。

「う、うん。いろいろとな……」

麟太郎は、知りたがりのお蔦の弱味を突いて勿体振《もったいぶ》った。

「何よ、勿体振って……」

お蔦は、微かな苛立《いらだ》ちを浮かべた。

「いや。そいつを絵草紙に書こうかと思っていてな。余り話してしまうと……」

「私は版元よ。絵草紙を売り出す前に喋《しゃべ》るもんですか……」

「そりゃあそうだな……」

「だから話してよ。おきぬさんが気の毒じゃあないって理由。お願い……」

お蔦は、麟太郎の術中に落ちた。

「ならば、ちょっとだけだぞ」

「ええ……」

「おきぬには情夫がいたんだよ」

麟太郎は、秘密めかして囁いた。

「情夫……」

お蔦は驚いた。

「ああ。それも一人ではなく。隠居に若旦那に旗本の部屋住み……」

「そんなに……」

お蔦は、驚いて眼を丸くした。

「ああ。で、その情夫たちの処の何処かに逃げ込み、匿われているようだ」

　麟太郎は眉をひそめた。

「嘘……」

「本当だ。間違いない……」

　麟太郎は頷いた。

「そうなんだ……」

　お蔦は、呆気《あっけ》に取られた。

「それで今日は、おきぬが隠れていると思われる情夫の処に行ってみる手筈だ。うん……」

　麟太郎は、己の言葉に頷いた。

「分かったわ。じゃあ、閻魔堂赤鬼はおきぬさんの主殺しの真相を突き止めて、絵草紙に書くのね」

　お蔦は納得した。

「如何《いか》にも……」

　上手く乗り切った……。

　麟太郎は、取《と》り敢《あ》えずの安堵を過ぎらせた。

入谷鬼子母神の銀杏《いちょう》の木は、梢《こずえ》を微風に鳴らしていた。

精妙寺は、鬼子母神近くにある古い土塀に囲まれた寺だった。

浪人の沢井英之助の言葉に嘘はなかった。

麟太郎は裏手に廻り、裏門の陰から家作を窺った。

家作は本堂の裏庭にあり、障子を閉めて静けさに包まれていた。

家作は真山京次郎が借りており、おきぬが逃げ込み潜んでいるのか……。

麟太郎は見張った。

家作に出入りする者はいなかった。

「麟太郎さん……」

亀吉が土塀沿いの道からやって来た。

「どうでした……」

麟太郎は迎えた。

「ええ。近所の寺の寺男《てらおとこ》や小坊主に聞いたのですが、此の家作には旗本の部屋住みが住んでいるそうですぜ」

「旗本の部屋住みですか……」

「真山京次郎とみて間違いないでしょう」

亀吉は告げた。

「ええ。して、おきぬが潜んでいる様子は……」

「流石《さすが》にそこ迄、知っている者はいませんでしたよ」

亀吉は苦笑した。

「そうですか……」

亭主を殺して逃げるおきぬが、易々《やすやす》と居場所を知られる筈もないのだ。

「とにかく、おきぬが隠れているかどうか見定める手立てですね」

亀吉は、家作を窺った。

「手立てねえ……」

麟太郎は思いを巡らせた。

「ええ……」

「でしたら、小細工なしで正面から当って相手の出方をみますか……」

麟太郎は、不敵な笑みを浮かべた。

四

家作の障子には、揺れる木洩れ日が映えていた。

麟太郎は、精妙寺の本堂脇から裏庭の家作にやって来た。

家作には、微かに人の気配がした。

「御免、何方《どなた》かおいでかな……」

麟太郎は、障子の向こうに声を掛けた。

障子を開け、背の高い着流しの侍が縁側に出て来た。

「何用かな……」

背の高い着流しの侍は、障子を後ろ手に閉めて縁側に立った。

「本郷御弓町の真山京次郎どのですね……」

麟太郎は、背の高い着流しの侍を真山京次郎だと見定めた。

「如何にも左様だが、おぬしは……」

真山は、麟太郎を見据えた。

「私は南町奉行所に縁のある者で青山麟太郎と申します」

「青山麟太郎……」

「ええ……」

「その青山どのが、私に何用です」

「不忍池の料理屋初花の仲居、おきぬを御存知ですね」

麟太郎は尋ねた。

「うむ……」

真山は頷いた。

「して、おきぬが亭主の大工勇吉を殺して逃げた事も……」

麟太郎は、真山の反応を窺った。

真山は、おきぬが亭主を殺して逃げたと聞いて驚きも狼狽えもしなかった。

それは、おきぬの主殺しを知っていると云う事なのだ。

「うむ……」

「ならば、おきぬは此処に、おぬしの許に逃げて来た。そうですね……」

麟太郎は、真山を見据えた。

「如何にも……」

真山は頷いた。

「して、おきぬは……」

麟太郎は、障子の向こうの家の中に人の気配を探った。

「出て行った。私の知らぬ内にな……」

真山は、障子を開け放った。

麟太郎は眉をひそめた。

障子の向こうには、座敷と囲炉裏《いろり》の切られた板の間があった。

誰もいない……。

板の間の次は土間であり、台所だった。

おきぬは勿論、誰もいなかった。

「此の通りだ……」

真山は、麟太郎におきぬがいないのを見せる為に障子を開けたのだ。

おきぬは家作にはいない……。

麟太郎は見定めた。

「おきぬの行き先は……」

「知らぬ……」

真山は苦笑した。

「そうですか……」

「うむ……」

「ならば、お邪魔をしましたな」

麟太郎は。踵を返そうとした。

「おきぬの主殺し、間違いはないのか……」

「ええ。何か心当たりがあるのですか……」

「いいや。私とおきぬは、料理屋の客と仲居、偶に遊びで情を交わす仲でな。それだけのものだ」

真山は、麟太郎が己の身辺を調べてやって来たと読み、おきぬとの仲を隠そうとはしなかった。

「まことに……」

麟太郎は聞き返した。

「如何にも……」

真山は、微かな戸惑いを浮かべて頷いた。

「そいつは淋《さび》しいな……」

麟太郎は苦笑した。

真山は、麟太郎に怪訝《けげん》な眼を向けた。

「虐待する亭主と遊び相手の馴染客。せめて一人ぐらい、おぬしぐらいには身も心も許していると思っていたのだが……」

麟太郎は、真山を見詰めて告げた。

「そうか。それは確かに淋しいな……」

真山は苦笑した。

「淋しい……」

「ああ。ではな……」

麟太郎は、本堂脇を通って立ち去った。

真山は、厳しい面持《おもも》ちで麟太郎を見送った。


背の高い着流しの侍が精妙寺の裏門から現れ、厳しい面持ちで辺りを窺った。

真山京次郎か……。

亀吉は見守った。

背の高い着流しの侍は、辺りに不審はないと見定めて一方に進んだ。

真山京次郎に違いない……。

亀吉は、背の高い着流しの侍を真山京次郎だと見定めて追った。

麟太郎が、山門から土塀沿いの道を廻って来た。

裏門前に亀吉はいなく、反対側の道を行く後ろ姿が見えた。

真山京次郎が出掛け、亀吉が追って行く……。

麟太郎はそう読み、亀吉を追った。


駿河国汐崎藩江戸上屋敷は、浅草三味線《しやみせん》堀《ぼり》の近くにあった。

梶原八兵衛と辰五郎は、勘定方組頭を見張った。だが、勘定方組頭が出掛ける事はなかった。

「やはり、今度のおきぬの一件とは拘りないのかもしれませんね」

辰五郎は読んだ。

「うむ……」

「どうします」

「うむ。殺された勇吉、大工大松《だいまつ》の棟梁《とうりよう》が死体を引き取って弔《とむら》ったんだな」

「はい。勇吉、大工大松で住込みの修業をしていたそうでしてね」

「うむ……」

「旦那、大工大松は神田佐久間町《さくまちよう》、此処から遠くはありませんよ」

「よし。ならば行ってみるか……」

「梶原の旦那、何か……」

辰五郎は眉をひそめた。

「うむ。勇吉、若い頃から酒癖が悪く、酔って他人を殴ったり蹴ったりしたのか、気になってな」

「分かりました。じゃあ……」

辰五郎と梶原は、神田佐久間町の大工『大松』に向かった。

大工『大松』の作業場では、多くの大工が材木に鉋《かんな》を掛けたり鑿《のみ》で刻んだりしていた。

老棟梁の松五郎《まつごろう》は、若い大工にいろいろ教え、石組の竈《かまど》を囲む腰掛にいる梶原と辰五郎の許にやって来た。

「お待たせ致しました……」

松五郎は詫びた。

「忙しい処、すまないな……」

「いえ。で、御用とは勇吉の事ですか……」

松五郎は、梶原と辰五郎の向かいの腰掛に腰を下ろした。

「ああ。棟梁、勇吉は昔から酒癖が悪く、喧嘩《けんか》なんかしたのかな……」

梶原は尋ねた。

「いいえ。若い頃は酒も飲まず、喧嘩もしない大人しい真面目な奴でしたよ。おきぬもそれが気に入って所帯を持ったんですから……」

「ほう。じゃあ、いつからかな、酒を飲んで女房を殴ったり蹴ったりするようになったのは……」

「ありゃあ、おきぬが赤ん坊を死産した頃からですか……」

松五郎は、白髪眉をひそめた。

「おきぬが赤ん坊を死産……」

「ええ。漸く出来た赤ん坊で、勇吉とおきぬ、そりゃあ大喜びでしてね。生まれて来るのを楽しみに待っていたのですが……」

「死産してしまったのか……」

「はい。それからですか、勇吉が酒を飲むようになったのは……」

「そして、おきぬを殴ったり蹴ったりするようになったか……」

「ええ。お前がもっと気を付けていたら死ななかった、お前が殺したんだと……」

松五郎は、吐息混じりに告げた。

「お前が殺したか……」

梶原は眉をひそめた。

「ええ。可哀想なのはおきぬですよ。死産したくてした訳じゃあねえのに……」

松五郎は、おきぬを哀れんだ。

「うむ……」

勇吉おきぬ夫婦は、二人しか分からない苦しみと哀しみの中で暮らしていたのだ。

梶原と辰五郎は知った。

山谷堀《さんやぼり》は、下谷三《み》ノ輪町《わちょう》から浅草今戸町《いまどちょう》に続き、隅田川《すみだがわ》に流れ込んでいる。

真山京次郎は、入谷から山谷堀沿いに続く日本堤《にほんづつみ》の土手道に出た。そして、新吉原《しんよしわら》の前から山谷堀に架かっている橋を足早に渡った。

何処に行くのだ……。

亀吉は尾行た。

真山京次郎の行き先には、おきぬがいるのか……。
麟太郎は、真山に気が付かれるのを恐れて亀吉の後ろ姿を追った。
亀吉は、田畑の間の道から元吉町《もとよしちょう》に進んだ。
その先は千住《せんじゅ》街道であり、浅草の新鳥越町《しんとりごえちょう》や今戸町が続く。
真山の行き先は新鳥越町か今戸町……。
麟太郎は、亀吉に続いた。

真山京次郎は、千住街道を横切って新鳥越町の寺町に入った。
亀吉は、慎重に尾行《びこう》した。
真山は、寺町の隅にある茶店に入った。
亀吉は、物陰から茶店を窺った。
茶店は、墓参りの客が多いらしく店先で花や線香も売っていた。
真山は、茶店の老亭主と言葉を交わして奥に入って行った。
亀吉は見守った。
「真山京次郎、此の茶店に入りましたか……」
麟太郎が亀吉に並んだ。

「ええ。どんな拘りなのか……」

亀吉は首を捻った。

「ひょっとしたら、おきぬがいるのかもしれません」

「じゃあ、精妙寺の家作におきぬは……」

「いませんでした」

「でしたら、麟太郎さんの睨みの通りかもしれませんね」

「ええ……」

麟太郎は頷き、茶店を見詰めた。

僅かな刻が過ぎた、
茶店に客がいなくなり、老亭主は奥に入って行った。

真山京次郎が、風呂敷包みを持った質素な身形の年増と一緒に出て来た。

麟太郎は緊張した。

質素な身形の年増は、浜町堀で霧雨に濡れて笑った女だった。

「おきぬ……」

麟太郎は見定め、思わず呟《つぶや》いた。

「おきぬですか……」

亀吉は、質素な身形の年増を見詰めた。

「ええ……」

麟太郎は頷いた。

真山とおきぬは、足早に寺町の通りを北に進んだ。

「亀さん……」

麟太郎は、真山とおきぬを尾行た。

亀吉は続いた。

坊主の読む経は、連なる寺の何処かから聞こえていた。


寺町の外れには、小さな古寺があった。

真山京次郎とおきぬは、小さな古寺の山門を潜った。

麟太郎と亀吉は走った。そして、小さな古寺の山門から境内を窺った。

境内の本堂の前には、真山とおきぬは勿論《もちろん》、人影はなかった。

「麟太郎さん……」

亀吉は焦りを浮かべた。

「庫裏《くり》かもしれません」

麟太郎と亀吉は、本堂の隣の庫裏に急いだ。

本堂と庫裏は渡り廊下で繋がれ、その奥には墓地があった。

麟太郎は、渡り廊下の傍らで立ち止まった。

「麟太郎さん……」

亀吉は、怪訝な声をあげた。

「亀さん……」

麟太郎は、渡り廊下の奥に見える墓地を見詰めていた。

亀吉は、麟太郎の視線の先の墓地を見た。

墓地の隅におきぬが佇《たたず》んでいた。

「おきぬ……」

「ええ……」

「何しているんですか……」

亀吉は眉をひそめた。

おきぬはしゃがみ込み、並ぶ墓石の陰に隠れた。

麟太郎は、渡り廊下を越えて墓地に向かった。

亀吉は続いた。

おきぬは、小さな墓石に手を合わせていた。

麟太郎は、おきぬに近付こうとした。

刹那、真山京次郎が横手の墓石の陰から現れた。

麟太郎と真山は対峙《たいじ》した。

亀吉は、緊張に喉を鳴らして見守った。

「亭主の勇吉を殺《あや》めたおきぬだな……」

麟太郎は、小さな墓石に手を合わせているおきぬを示した。

「ああ……」

真山は頷いた。

「誰の墓だ……」

麟太郎は尋ねた。

「死産したたった一人の子供の墓だ……」

「死産した子供……」

麟太郎は眉をひそめた。

「左様。勇吉との間に漸く出来た子供だ。だが、死産したそうだ……」

真山は、おきぬを哀れんだ。

「そして、此処に葬《ほうむ》ったのか……」

「うむ。それからだそうだ、亭主の勇吉が酒を飲み、殴ったり蹴ったりするようになったのは……」

「何……」

「お前が不注意だったからだ。お前が好《い》い加減だったからだ。お前が殺したんだと、亭主の勇吉はおきぬを責めた……」

「それでおきぬは、おぬしたちと情を交わすようになったのか……」

「おきぬも生身の人間、女だ。息を抜きたい時もあれば、何もかも忘れたい時もある」

真山は、淋しそうな笑みを浮かべた。

「たとえ一時でも、現《うつつ》を抜かして哀しみや辛さを忘れるか……」

「ああ。おきぬにも許されて良い筈だ」

真山は、小さな墓石に手を合わせているおきぬを痛ましく見た。

「うん……」

麟太郎は頷いた。

「私はおきぬを逃がしてやる。町奉行所の手の届かぬ処にな……」

「真山さん……」

「頼む。おきぬを見逃してやってくれ」

真山は、麟太郎に頭を下げた。

「主殺しは天下の大罪。そうは参らぬ」

麟太郎は厳しく告げた。

刹那。真山は麟太郎に抜き打ちに斬り掛かった。

麟太郎は、飛び退いて躱した。

おきぬは立ち上がり、麟太郎と真山を見詰めた。

「ならば、私はどうあってもおきぬを逃がす」

真山は云い放った。

「真山さん、おきぬを逃がせばおぬしも……」

「覚悟の上だ」

真山は、麟太郎の言葉を遮って苦笑した。

「おぬし、そこ迄……」

「所詮、旗本の家の部屋住み、当主の兄に嫡男《ちゃくなん》が出来れば、用済みになる道具。どうにでもなれと思い、悪い仲間と好き勝手な真似をして生きて来たが、おきぬの辛さと哀しさに跪く姿を見た時、己の愚かさと虚け者《うつけもの》振りを思い知らされてな……」

真山は、己を嘲笑《あざわら》った。

「京次郎さま……」

おきぬは、今にも泣き出しそうな面持ちで真山を見詰めた。

「逃げろ、おきぬ。江戸から逃げろ……」

真山は怒鳴り、麟太郎に鋭く斬り付けた。

麟太郎は、刀を抜いて斬り結んだ。

「亀さん……」

麟太郎は、亀吉に叫んだ。

亀吉は頷き、おきぬを捕らえようと走った。

おきぬは立《た》ち竦《すく》んだ。

真山は、咄嗟《とっさ》に小柄《こづか》を亀吉に投げた。

小柄は飛び、亀吉の肩に突き刺さった。

亀吉は、短い声をあげて仰け反り、倒れ込んだ。

「亀さん……」

麟太郎は焦った。

「もう充分です、京次郎さま……」

おきぬは、震える声で叫んだ。

真山と麟太郎は、おきぬを見た。

刹那、おきぬは己の胸元に匕首《あいくち》を突き刺した。

「おきぬ……」

真山は血相を変え、おきぬの許に走った。

おきぬは、胸元に血を滲ませてゆっくりと崩れ落ちた。

麟太郎は、真山に続いた。

「しっかりしろ、おきぬ……」

真山は、倒れているおきぬを抱き起こした。

「京次郎さま、いろいろ御迷惑をお掛けして申し訳ありませんでした……」

おきぬは、苦しく息を鳴らして詫びた。

「おきぬ……」

「逢えて良かった……」

おきぬは、穏やかな微笑《ほほえ》みを浮かべて息を引き取った。

「おきぬ、哀れな……」

真山は、おきぬを抱き締めて声を震わせた。

麟太郎は、痛ましげに見守った。

亀吉が並んだ。

「傷は大丈夫ですか……」

「ええ。浅手です」

亀吉は、顔を顰《しか》めておきぬと真山を見守った。

真山京次郎は、おきぬの遺体を抱き締めて嗚咽《おえつ》を洩らしていた。

御家人の部屋住みとして生まれ、投げやりに生きて来た真山京次郎……。

子を死産して亭主に疎《うと》まれ、殺してしまったおきぬ……。

麟太郎は、見守り続けた。

微風が吹き抜け、墓地に線香の香りが過ぎった。

亭主の勇吉を殺した女房のおきぬは、逃亡の果てに自害した。

南町奉行所臨時廻り同心梶原八兵衛は、大工の勇吉殺しを始末した。そして、真山京次郎に関しては、一切を不問に付した。

真山京次郎は、おきぬの死体を引き取って死産した子供の墓の傍に葬った。

良かった……。

麟太郎はそれを知り、素直に安堵し喜んだ。

その後、真山京次郎は出家し、雲水《うんすい》となって修行の旅に出た。

南町奉行の根岸肥前守《ねぎしひぜんのかみ》は、内与力《うちよりき》の正木平九郎《まさきへいくろう》から仔細《しさい》を報された。

「そうか。ならば主殺しの一件、此以上騒ぎ立てぬ方が良いだろう」

肥前守は命じた。

「はい……」

平九郎は頷いた。

「不運な女が踠きながら人として懸命に生きて自害した。それだけの話だ……」

肥前守は静かに告げた。

「お奉行……」

「して平九郎、麟太郎、おきぬの一件、絵草紙に書くのか……」

肥前守は眉をひそめた。

「さあて、そこ迄は……」

「麟太郎、絵草紙に書けばそれ迄の男。書かなければ……」

「書かなければ……」

平九郎は、笑みを浮かべて肥前守の次《つ》ぎの言葉を待った。

「云わぬが花だ……」

肥前守は笑った。


お蔦は、麟太郎に事件の仔細を聞いて眉をひそめた。

「主殺しは天下の大罪、死罪は免《まぬか》れぬ。おきぬはそれを知り、己の手で死ぬのを選んだのだろうな……」

「そうか……」

お蔦は頷いた。

「おきぬが哀しい女か、それとも嫌な事を忘れたい一心で遊んだ酷《ひど》い女なのか、急ぎ絵草紙に書いて世間に訊《き》いてみるか……」

麟太郎は、お蔦に告げた。

「麟太郎さん……」

お蔦は眉をひそめた。

「何だ……」

「おきぬさんの亭主殺し、絵草紙に書くのは止《や》めない……」

「何を云う、止めたら前借りを返すのが遅くなり、新たな前借りも出来なくなるし……」

麟太郎は、不服そうな顔をした。

「遅くなっても良いし。前借りも平気よ。だから、おきぬさんの一件、絵草紙にするのは止めよう。ねっ……」

お蔦は、麟太郎に手を合わせた。

「分かった。実は俺も余り気が進まなかったんだ。そうか、止めるか。うん……」

麟太郎は、安堵を浮かべて笑った。


霧雨が舞い始めた。

麟太郎は、お蔦に傘を借りて地本問屋『蔦屋』を後にした。

霧雨は浜町堀の流れに波紋を重ね、堀端を行く人々を走らせていた。

麟太郎は、傘を濡らして浜町堀に架かっている汐見橋の袂《たもと》に差し掛かった。

おきぬは笑っていた……。

麟太郎は、汐見橋の袂に立ち止まった。

あの時、霧雨に濡れて裸足のおきぬは笑っていた。

笑いは、亭主の勇吉を殺した喜びだったのか、それとも哀しみの末の諦めだったのか……。

諦めならば、泣き笑いだったのかもしれない。

麟太郎は、不意にそう思った。

泣き笑い……。

己の運の悪さに呆《あき》れた泣き笑い……。

麟太郎は立ち尽した。

霧雨は舞い、音もなく降り続けた。

第二話　操《あやつり》人形

一

神田川《かんだがわ》の流れに月影が揺れていた。

大店《おおだな》の初老の旦那は、手代《てだい》の差し出す提灯《ちょうちん》に足元を照らされて昌平橋《しょうへいばし》にやって来た。そして、神田川に架かっている昌平橋を渡った時、袂《たもと》から総髪《そうはつ》の若い浪人が現れた。

初老の旦那と手代は、若い浪人に会釈をしながら通り過ぎようとした。

「唐物屋《からものや》南蛮堂《なんばんどう》の藤兵衛《とうべえ》だな……」

若い浪人は、通り過ぎようとした初老の旦那に声を掛けた。

「えっ……」

初老の旦那は、怪訝《けげん》に振り返った。

刹那《せつな》、若い浪人は抜き打ちの一刀を放った。

夜目にも鮮やかな赤い血が飛んだ。

初老の旦那は、胸元を斜《なな》めに斬り上げられて仰《の》け反《ぞ》り倒れた。

手代は、悲鳴を上げて逃げようとした。

若い浪人は素早く踏み込み、手代の背を袈裟《けさ》懸《が》けに斬り下げた。

手代は提灯を落とし、前のめりに蹈鞴《たたら》を踏んで倒れ込んだ。

若い浪人は、初老の旦那と手代の死を見定め、昌平橋を渡って夜の闇に走り去った。

落ちた提灯が燃え上がり、炎が躍《おど》った。

日本橋通油《にほんばしとおりあぶらちょう》町の地本《じほん》問屋『蔦屋《つたや》』は、今日も役者絵を品定めする若い女客で賑《にぎ》わっていた。

麟太郎は、帳場の框《かまち》に腰掛けて番頭の幸兵衛《こうべえ》を相手に茶を啜《すす》っていた。

「良いなあ。あのぐらい人気があると……」

麟太郎は、役者絵を買う若い女客を羨ましそうに眺めた。

「麟太郎さん、役者絵と絵草紙は違いますからねえ」

幸兵衛は、麟太郎を哀《あわ》れむように慰めた。

「そりゃあそうだが……」

「でも、今度の絵草紙、大江戸閻魔帳《えんまちょう》怒りの百人斬りは赤鬼《あかおに》先生にしてはまあまあの売れ行きですよ」

幸兵衛は、麟太郎を慰めた。

「まあまあのなあ……」

「ええ、上出来ですよ」

幸兵衛は苦笑した。

「只今……」

お蔦が帰って来た。

「お帰りなさいまし……」

幸兵衛たち奉公人は、出先から帰って来た女主《おんなあるじ》のお蔦を迎えた。

「やあ、お帰り……」

麟太郎は、お蔦に笑い掛けた。

「あら、来ていたの……」

「ああ……」

「私は又、昨夜の辻《つじ》斬り騒ぎに首を突っ込んでいるのかと思ったわ」

「昨夜の辻斬り騒ぎ……」

　麟太郎は眉をひそめた。

「知らないの。昨夜、昌平橋の袂で唐物屋の旦那と手代が斬り殺されたのよ」

「で、辻斬りか……」

「ええ。殺された旦那、お金を盗《と》られていなくてね。先月、湯島《ゆしま》の昌平坂で起きた辻斬りと一緒らしいわよ」

　お蔦は告げた。

　昌平坂は昌平橋の西、神田川沿いにある湯島の学問所の東にある坂道であり、先月にもお店の旦那が辻斬りに斬り殺され、やはり金は手付かずで残されていた。

「昌平坂に続いて昌平橋か……」

　麟太郎は首を捻《ひね》った。

「ええ。昌平橋から昌平坂界隈は、昼間も通る人が少なくなったそうよ」

　お蔦は眉をひそめた。

「へえ。そいつは大変だな……」

　麟太郎は、言葉とは裏腹にその眼を秘《ひそ》かに輝かせた。

神田川沿いの柳原《やなぎわら》通りは、両国《りょうごく》広小路と神田八ツ小路を繋《つな》いでいる。

麟太郎は、柳原通りに出て神田八ツ小路に向かった。

神田八ツ小路は、淡路《あわじ》坂、駿河《するが》台《だい》、三河町《みかわちょう》、連雀町《れんじゃくちょう》、須《す》田町《だちょう》、柳原通り、筋違御《すじかいご》門《もん》、そして昌平橋の八つの道に繋がっている。

麟太郎は、柳原通りから神田八ツ小路に進み、昌平橋の袂に佇《たたず》んだ。

昌平橋を通る人々は、恐ろしそうに辺りを窺《うかが》いながら足早だった。

昼間だと云《い》うのに辻斬りを恐れている……。

麟太郎は眉をひそめた。

「麟太郎さんじゃありませんか……」

亀吉がやって来た。

麟太郎と亀吉は、茶店の縁台に腰掛けて茶を飲みながら昌平橋を眺めた。

「辻斬りですか……」

「ええ。金が残されていて辻強盗じゃあないなら、辻斬りか遺恨《いこん》かと……」

亀吉は、昌平橋に不審な者が現れないか見張っていた。

「遺恨だとしたら、先月の昌平坂の辻斬りの被害者と昨夜の唐物屋の旦那、何か拘《かかわ》りがあるんですか……」

「そいつなんですが、先月は北町奉行所の月番でしてね。今、梶原の旦那が詳しい事を問い合わせていますよ」

「そうですか……」

「処《ところ》で麟太郎さんは何を……」

「えっ。ちょいと近くに用がありましてね」

麟太郎は言葉を濁した。

「へえ、近くに用がね……」

亀吉は、麟太郎が辻斬りに興味を持っているのを見抜き、苦笑した。

八ツ小路には多くの人々が行き交っていた。


非番の北町奉行所は表門を閉めており、人々は潜《くぐ》り戸《ど》から出入りしていた。

南町奉行所臨時廻《りんじまわ》り同心梶原八兵衛は、岡《おか》っ引《ぴき》の連雀町の辰五郎を表門脇の腰掛に待たせ、吟味方与力《ぎんみかたよりき》の堀田内蔵助《ほったくらのすけ》に逢《あ》った。

梶原は、堀田から先月の末に起きた昌平坂の辻斬りの覚書《おぼえがき》を借り、読み終えた。

「仏《ほとけ》は神田佐久間町《さくまちょう》の薬種屋大黒屋《だいこくや》の旦那の久左衛門《きゅうざえもん》。右脇腹から左胸に掛けての一太刀ですか……」

昨夜、昌平橋の袂で斬られた唐物屋『南蛮堂』の藤兵衛と同じだった。

おそらく、相対して抜き打ちに斬り上げた一太刀……。

梶原は読んだ。

「うむ。どうだ。手口は昨夜の辻斬りと同じなのか……」

堀田内蔵助は、梶原に厳しい眼を向けた。

「はい。おそらく。して堀田さま、大黒屋の旦那の久左衛門、金は奪われていなかったのですな……」

「うむ。で、何か命を狙われる程の遺恨を抱えているか、いろいろ調べさせたのだが、此《これ》と云って浮かばなくてな。それで辻斬りと決めて探索をしたのだが……」

辻斬りの一件の犯人は浮かばないまま月が変わり、月番は南町奉行所になったのだ。

「左様でしたか。処で扱った同心は……」

梶原は尋ねた。

「臨時廻りの上原惣兵衛《うえはらそうべえ》だ……」

「ああ。臨時廻りの上原どのですか……」

梶原は、北町奉行所臨時廻り同心の上原惣兵衛とは顔見知りだった。

「うむ……」

「ならば上原どの、今も探索を……」

月番が終わり、非番になっても三廻りの同心たちは探索を続けている筈《はず》だ。

「続けている筈だが、何も申して来ない処をみると、その後の探索に進展はなく、私の云った以上の事は分らぬと思うが……」

堀田は眉をひそめた。

「そうですか……」

梶原は頷《うなず》いた。


神田八ツ小路に人々は行き交った。

麟太郎と亀吉は、人の行き交っている昌平橋を眺めていた。

塗笠《ぬりがさ》を被《かぶ》った着流しの侍が、昌平橋の袂に佇んだ。そして、塗笠を上げて辺りを見廻し、物陰などを検《あらた》めていた。

「亀さん……」

麟太郎は、戸惑いを浮かべて着流しの侍を示した。

「ええ。何か調べているようですね」

亀吉は、着流しの侍の動きを読んだ。

着流しの侍は吐息を洩《も》らし、塗笠を目深《まぶか》に被り直して神田須田町に向かった。

「ちょいと追ってみます」

亀吉は、縁台から立ち上がった。

「亀さん……」

麟太郎は、着流しの侍の背後に現れた若い町方《まちかた》の男を示した。

若い男は、着流しの侍に続いた。

「着流しを追うようですね」

亀吉は眉をひそめた。

「ええ……」

麟太郎は頷いた。

若い町方の男は、神田須田町の通りに入って行く着流しの侍を追った。

麟太郎と亀吉は、着流しの侍を追う若い町方の男に続いた。

神田須田町の通りは日本橋に続き、多くの人が行き交っていた。

塗笠に着流しの侍は、神田須田町の通りを日本橋に進んだ。

若い男は尾行《つけ》た。

麟太郎と亀吉は追った。

塗笠に着流しの侍は何者なのだ……。

そして、尾行る若い男は……。

麟太郎と亀吉は追った。


塗笠に着流しの侍は、日本橋川に架かっている日本橋を渡って東に曲がり、楓川《かえでがわ》に架かっている海賊橋《かいぞくばし》を渡った。

若い男は尾行た。

「亀さん、此《こ》のまま行くと……」

麟太郎は眉をひそめた。

「ええ、八丁堀《はっちょうぼり》ですぜ」

亀吉は緊張を滲《にじ》ませた。

塗笠に着流しの侍は、南茅場町《みなみかやばちょう》に進んで三叉路を南に曲がった。

そこは、八丁堀北島町《きたじまちょう》の御組屋敷街だった。

塗笠に着流しの侍は、北島町の御組屋敷街を進んだ。そして、一軒の組屋敷の木戸門を潜って行った。

若い男は見届け、苦笑を浮かべて身を翻《ひるがえ》した。

「あっしが追います。麟太郎さんは此処《ここ》を頼みます」

「えっ、ええ……」

亀吉は、麟太郎が返事をする前に若い男を追っていた。

麟太郎は見送り、塗笠に着流しの侍の入った組屋敷を見廻した。

組屋敷には板塀が廻され、木戸門は閉められていた。

町奉行所同心の組屋敷……。

麟太郎は、やって来た酒屋の手代を呼び止めた。

「はい、何か……」

酒屋の手代は、麟太郎に怪訝な眼を向けた。

「付かぬ事を尋ねるが、此処は南町奉行所の梶原八兵衛さんの屋敷かな……」

麟太郎は、惚《とぼ》けて尋ねた。

「いえ。此方《こちら》は北町奉行所臨時廻り同心の上原惣兵衛さまのお屋敷にございますよ」

「北町奉行所臨時廻り同心の上原惣兵衛さんの屋敷……」

「はい……」

「そうか。いや、造作を掛けたな」

麟太郎は、酒屋の手代に礼を述べた。

「いいえ……」

酒屋の手代は立ち去った。

北町奉行所同心の上原惣兵衛……。

上原惣兵衛は、巻羽織《まきばおり》の臨時廻り同心の姿ではなく、塗笠に着流し姿で昌平橋に来た。

何故だ……。

麟太郎は、上原屋敷を眺めた。


日本橋川には様々な船が行き交っていた。

若い男は、日本橋川に架かっている江戸橋《えどばし》を足早に渡った。

亀吉は尾行た。

若い男は、時々背後を振り返って先を急いだ。

ひょっとしたら……。

亀吉は、若い男の素振りに妙な違和感を覚えていた。
若い男は道浄橋《どうじょうばし》を渡り、尚《なお》も北に進んだ。
亀吉は追った。
玉池稲荷《たまいけいなり》に連なる赤い幟旗《のぼりばた》は、微風に揃って揺れていた。
若い男は、玉池稲荷の傍の小泉町《こいずみちょう》にある板塀に囲まれた仕舞屋《しもたや》に入った。
亀吉は見届けた。
誰の家だ……。
若い男の家でないのは確かだ。
亀吉は見定め、仕舞屋の主が誰か突き止める事にした。

神田連雀町は夕陽に照らされた。
麟太郎は、連雀町の辰五郎の家を訪れた。しかし、辰五郎は帰っていなかった。
居酒屋かもしれない……。
麟太郎は、辰五郎たちが使っている居酒屋の暖簾《のれん》を潜った。

「いらっしゃい……」

麟太郎は、居酒屋の亭主に迎えられた。

客の疎《まば》らな店内の隅では、梶原八兵衛と辰五郎が既に酒を飲んでいた。

「梶原さん、親分……」

麟太郎は、梶原と辰五郎の許に進んだ。

「こりゃあ麟太郎さん……」

辰五郎は、麟太郎を迎えて座を勧めた。

「亀吉と逢ったのかな……」

梶原は読み、笑みを浮かべた。

「ええ。昌平橋で。そこへ塗笠に着流しの侍が現れ、昌平橋の袂を検めるような……」

「何……」

梶原と辰五郎は眉をひそめた。

「それで、追い掛けようとしたらもう一人町方の若い男が現れ、着流しの侍を尾行始めましてね……」

「で、二人を追いましたか……」

辰五郎は、麟太郎に猪口《ちょこ》を用意して酌《しゃく》をした。

「忝《かたじけな》い。はい……」

麟太郎は、酒を飲んで頷いた。

「して、着流しの侍、何者でした」

「そいつが、八丁堀の組屋敷に入りましてね」

「八丁堀……」

辰五郎は、思わず梶原を見た。

「はい。着流しの侍は北町奉行所臨時廻り同心の上原惣兵衛さんでした」

麟太郎は告げた。

「北町の上原の旦那……」

辰五郎は眉をひそめた。

「やはりな……」

梶原は頷いた。

「梶原さん……」

麟太郎は、梶原を怪訝に見た。

「上原惣兵衛、先月の昌平坂の辻斬りを扱っていたんだよ」

梶原は、酒を飲んだ。

「そうでしたか。ならば何故、塗笠を被って着流しだったんでしょう」

麟太郎は眉をひそめた。

月番の時の探索は、非番になっても続けられるものだ。

「分からないのはそこだな……」

梶原は頷いた。

「旦那、親分。麟太郎さん、一緒でしたか……」

亀吉が、梶原、辰五郎、麟太郎の許にやって来た。

「亀さん、どうでした」

「はい。例の塗笠に着流しの侍を追っていた野郎ですが、岡っ引の玉池の長次郎《ちょうじろう》親分の処の伊助《いすけ》って下っ引《したぴき》でしたぜ」

亀吉は告げた。

「下っ引の伊助……」

「ええ……」

「じゃあ、下っ引が同心の旦那を尾行ていたんですか……」

麟太郎は、戸惑いを浮かべた。

「そうなりますね」

亀吉は頷いた。

「じゃあ何か、昌平坂の辻斬りを探索している北町の臨時廻り同心の上原惣兵衛が、秘かに昌平橋の辻斬りの現場を訪れ、それを岡っ引の長次郎の処の下っ引、伊助が尾行ていたのか……」

梶原は、麟太郎と亀吉の突き止めて来た事を纏《まと》めた。

「どう云う事ですかね……」

辰五郎は首を捻った。

「うむ……」

「梶原の旦那。昌平坂の辻斬り、どうなっているんですかね」

麟太郎は尋ねた。

「うむ。北町奉行所の吟味方与力の堀田内蔵助さまによると、神田佐久間町の薬種屋大黒屋の主久左衛門を殺した辻斬りの探索に進展はないそうだ」

「そして、月番が代わって昌平橋で辻斬りが起こりましたか……」

「ああ。此の辻斬り、只の辻斬りじゃあないかもしれぬな」

梶原は読んだ。

「何か裏がありますか……」

麟太郎は、緊張を滲ませた。

「きっとな……」

梶原は、小さな笑みを浮かべた。

「で、どうします……」

辰五郎は、梶原の出方を窺った。

「よし。俺は上原惣兵衛に逢ってみる。連雀町たちは、玉池の長次郎と下っ引の伊助を洗ってみてくれ」

梶原は命じた。

「承知しました」

辰五郎と亀吉は頷いた。

「もし、こっちの睨《にら》みが当っていたら、背後にはかなりの腕の辻斬りが潜んでいる。呉々《くれぐれ》も油断せず、深入りはするな」

梶原は注意した。

「はい……」

辰五郎と亀吉は、緊張を滲ませた。

「梶原さん、じゃあ俺も親分や亀さんと……」

鱗太郎は勢い込んだ。

「いや。鱗太郎さんは此迄《ここまで》です。此以上、私たちを手伝えば、閻魔堂赤鬼の仕事が疎《おろそ》かになり、蔦屋の前借りが増えるだけです」

梶原は、鱗太郎の立場を良く知っていた。

「しかし……」

鱗太郎は焦った。

「そうなれば、私たちが蔦屋の二代目に恨まれる」

梶原は苦笑した。

「梶原さん……」

「鱗太郎さん、手伝って戴《いただ》きたい時には、此方から報せますよ」

「はあ……」

鱗太郎は、淋《さび》しげに頷いた。

居酒屋には次々と客が訪れ、酒の香りと楽しげな笑い声が満ちた。

二

八丁堀は、北に日本橋川、西に楓川、南に八丁堀、東に亀島川《かめじまがわ》があり、四方を川や堀に囲まれている。

北町奉行所の臨時廻り同心の上原惣兵衛は、組屋敷を出て南茅場町に向かった。

南茅場町から楓川を渡り、日本橋を横切れば外濠《そとぼり》となり、架かっている呉服橋御門《ごふくばしごもん》内に北町奉行所がある。

上原は、南茅場町を楓川に架かっている海賊橋に進んだ。

「上原さん……」

南町奉行所の梶原八兵衛が、上原を呼び止めた。

「やあ、梶原さんじゃありませんか……」

上原は微笑《ほほえ》んだ。

梶原は、上原の微笑みに微かな緊張を見た。

「ちょいと付き合って貰《もら》えませんか……」

梶原は誘った。

薬師《やくし》堂《どう》山王《さんのう》御《お》旅所《たびしょ》は静寂に満ちていた。

梶原八兵衛と上原惣兵衛は、静かな境内《けいだい》に佇んだ。

「梶原さん……」

上原は、梶原に怪訝な眼差しを向けた。

「上原さん、昌平坂の辻斬りと昌平橋の辻斬りが同じ者の仕業ならば、裏には何が潜んでいるのかな……」

梶原は笑い掛けた。

「梶原さん、昌平坂の辻斬りの一件、北町奉行所は既に探索を打ち切りましたよ」

上原は、緊張を滲ませた。

「探索を打ち切った……」

「ええ……」

「ならば何故、秘かに昌平橋の袂を検めたのですか……」

「それは……」

上原は狼狽《うろた》えた。

「昌平橋で斬られた唐物屋南蛮堂の主藤兵衛と昌平坂で斬られた薬種屋大黒屋の主久

左衛門、どんな拘りがあるのかな……」

　梶原は鎌を掛けた。

「梶原さん……」

　上原は、微かな緊張を過《よ》ぎらせた。

　梶原は見逃さなかった。

「ひょっとしたら、殺された南蛮堂藤兵衛と大黒屋久左衛門、どう繋がるかによって辻斬りの真相が分かりますか……」

　梶原は読んだ。

「梶原さん、私の扱った昌平坂の辻斬りの一件は、既に手詰まりになったのです」

　上原は、淋しげな笑みを浮かべた。

「手詰まり……」

　梶原は上原を窺った。

「ええ……」

　上原は頷いた。

「本当に……」

　梶原は念を押した。

「梶原さん、所詮《しょせん》、私たちは同心。分不相応な真似はしないのが一番……」

「もし、分不相応な真似をした時には……」

梶原は、上原を見詰めた。

「おそらく首が飛ぶ……」

「首が飛ぶ……」

梶原は眉をひそめた。

「ええ。僅《わず》か三十俵二人扶持《ぶち》でも、妻子の為には守らなければならないのです」

「上原さん……」

「すまぬ……」

上原は、梶原に深々と頭を下げて踵《きびす》を返した。

知っている……。

上原惣兵衛は、辻斬りの真相を知っているのだ。

梶原は、薬師堂山王御旅所から出て行く上原を見送った。

上原の後ろ姿は、淋しげで弱々しかった。

梶原は見送った。

玉池稲荷は参拝客もなく、連なる赤い幟旗だけが賑やかだった。

連雀町の辰五郎と下っ引の亀吉は、通りを挟んだ処にある岡っ引の玉池の長次郎の家を見張っていた。

仕舞屋を囲む板塀の木戸門が開いた。

「親分……」

亀吉は気が付き、辰五郎を呼んだ。

板塀の木戸門から、肥《ふと》った長次郎と下っ引の伊助が出て来た。

「玉池の長次郎と下っ引の伊助です」

亀吉は、辰五郎に告げた。

長次郎と伊助は、小伝馬町《こでんまちよう》の牢屋敷の方に向かった。

「よし。追うよ」

「はい……」

辰五郎と亀吉は追った。


南町奉行根岸肥前守《ひぜんのかみ》の役宅は、南町奉行所内にあった。

「して、その北町奉行所臨時廻り同心の上原惣兵衛、昌平坂の辻斬りの探索、手詰まりになったと申したのか……」

肥前守は眉をひそめた。

「左様にございます。梶原……」

内与力の正木平九郎は、控えている梶原八兵衛を促した。

「はい。北町の吟味方与力の堀田内蔵助さまは、そうは仰《おつしや》っていなかったのですが……」

梶原は告げた。

「だが、探索をしている上原なる同心は、手詰まりだと申したか……」

「はい。そして上原、同心は分不相応な真似をしないのが一番だと……」

「何……」

「御奉行……」

平九郎は眉をひそめた。

「うむ。梶原、上原は他に何か申したか……」

「はい。分不相応な真似をした時には、首が飛ぶと……」

梶原は、厳しい面持ちで告げた。

「首が飛ぶとな……」

肥前守は、厳しさを滲ませた。

「はい」

「平九郎、吟味方与力の堀田内蔵助、どのような者なのだ」

肥前守は、上原の上役である堀田内蔵助が気になった。

「はい。噂《うわさ》によりますれば、中々の遣《や》り手《て》で裏渡世《うらとせい》の者共にも詳しいと聞き及びます」

「裏渡世の者共に詳しいか……」

「はい……」

「して梶原、昌平坂で斬られた薬種屋の主と昌平橋で斬られた唐物屋の主の拘り、何かあったのか……」

「それは未だ……」

「ならば急ぐのだな」

肥前守は指示した。

「はっ……」

梶原は平伏した。

「処で梶原……」

肥前守は身を乗り出した。

「はい……」

「此度《こたび》の一件に青山麟太郎は、拘っているのかな……」

「は、はい。ですが、閻魔堂赤鬼の絵草紙の仕事が疎かになると思い、手を引いて貰いました」

「そうか……」

「ですが、今となると……」

梶原は眉をひそめた。

「如何《いかが》致した……」

「はい。堀田内蔵助の動きを見張りたいのですが、私や岡っ引の辰五郎たちは面が割れている恐れがあり、他にも探らなければならない事があります」

「それで、面の割れていない青山麟太郎に頼みたいか……」

「はい。左様にございます」

「ならば、頼むのも仕方があるまい……」

肥前守は微笑んだ。

「はい。では、そのように……」

梶原は頷いた。


昼下り。

北町奉行所は出入りする者も少なく、非番の静けさに覆われていた。

玉池の長次郎と下っ引の伊助が北町奉行所に入り、刻《とき》が過ぎた。

辰五郎と亀吉は、呉服橋御門の傍から北町奉行所を見張っていた。

長次郎と伊助、そして上原惣兵衛が出て来る事はなかった。

辰五郎と亀吉は、辛抱強く見張った。

更に刻が過ぎた。昼が近付いた。

玉池の長次郎と伊助が、上原惣兵衛と共に北町奉行所の潜り戸から出て来た。

「親分……」

「ああ。漸《ようや》く動くか……」

辰五郎と亀吉は、呉服橋御門に向かう上原、長次郎、伊助を物陰から見送った。

「じゃあ……」

「ああ……」

辰五郎と亀吉は、呉服橋御門を渡って行く上原、長次郎、伊助を追った。

上原惣兵衛は、吟味方与力の堀田内蔵助に呼ばれ、柳森稲荷《やなぎもりいなり》の鳥居前にある葦簀《よしず》張《ば》りの飲み屋に不審な浪人が現れると密告があったのを知らされた。

「柳森稲荷の葦簀張りの飲み屋に不審な浪人ですか……」

「うむ……」

堀田は頷いた。

「して、不審な処とは……」

「粗末な身形《みなり》の浪人にしては金を持っており、昌平坂や昌平橋で辻斬りのあった日に現れている。調べてみろ」

堀田は、上原に命じた。

上原は、表門脇の腰掛で待っていた玉池の長次郎と伊助を従え、柳原通りにある柳森稲荷に向かった。

辰五郎と亀吉は追った。

柳原通りは神田川沿いにあり、柳森稲荷は筋違御門と和泉橋《いずみばし》の間にあった。

柳森稲荷の鳥居前には、古着屋や古道具屋などの露店が並び、奥に葦簀張りの飲み屋があった。

上原、長次郎、伊助は、葦簀張りの飲み屋の店内を窺った。

葦簀張りの飲み屋では、仕事に溢《あぶ》れた人足《にんそく》たちが昼間から酒を飲んでいた。

「それらしい浪人はいないな……」

上原は見定めた。

「ええ。少し張り込んでみますか……」

長次郎は眉をひそめた。

「うむ……」

「じゃあ、あっしと伊助で見張ります。旦那は境内の茶店で待っていて下さい」

長次郎は、鳥居の奥の柳森稲荷の境内を示した。

「うむ。じゃあ、そうするか……」

上原は、柳森稲荷の鳥居を潜って境内に入って行った。

「親分……」

「ああ……」

長次郎は、薄笑いを浮かべた。

「じゃあ……」

伊助は頷き、柳森稲荷の前から去って行った。

長次郎は伊助を見送り、葦簀張りの飲み屋に入った。


「親分……」

亀吉は、柳原通りを足早に立ち去って行く伊助を見送った。

「うん。追ってみな」

辰五郎は命じた。

「承知……」

亀吉は頷き、伊助を追った。

何か妙だ……。

辰五郎は、長次郎と伊助の動きに不審を覚えていた。

陽は大きく西に傾いた。


唐物屋『南蛮堂』は、主の藤兵衛を斬られてから店を閉めたままだった。

梶原八兵衛は、番頭の茂造《しげぞう》に藤兵衛と薬種屋『大黒屋』の主久左衛門と拘りがなかったか尋ねた。

「大黒屋の久左衛門さまとですか……」

番頭の茂造は眉をひそめた。

「うむ。何か拘りはなかったかな……」

梶原は訊《き》いた。

「大黒屋の久左衛門さまの事は、私も今度の事があって初めてお名前を伺いました。ですから、旦那さまとは何の拘りもなかったと思いますが……」

「そうか、ないか……」

「はい……」

「ならば番頭、あの夜、藤兵衛は不忍池《しのばずのいけ》の畔《ほとり》の料理屋の帰りだったな」

「はい。御贔屓《ひいき》の御武家さまのお招きで松月《しょうげつ》に行った帰りにございます」

「御贔屓の御武家とは誰だ……」

「それが、旦那さまも何故か御旗本だと云うだけで……」

「名前迄は云わなかったのか……」

「はい……」

「そうか……」

唐物屋『南蛮堂』藤兵衛は、料理屋『松月』で逢った旗本に名を云うのを止められていたのかもしれない。

もし、そうだとしたら旗本は辻斬りに拘りがある……。

梶原の勘が囁《ささや》いた。

何だ……。

亀吉は眉をひそめた。

下っ引の伊助は、玉池稲荷の傍にある仕舞屋に廻された板塀の木戸門に入って行った。

板塀の廻された仕舞屋は、親分の玉池の長次郎の家だった。

何しに戻って来たのだ……。

亀吉は、仕舞屋を見据えた。

僅かな刻が過ぎ、板塀の木戸が開いて伊助が総髪の若い浪人と出て来た。

誰だ……。

亀吉は、若い浪人を見詰めた。

若い浪人は、物陰にいる亀吉の方を振り向いた。

亀吉は、素早く隠れた。
若い浪人は、亀吉に気が付かずに伊助と共に柳原通りに向かった。
亀吉は、胸を撫《な》で下ろした。
だが、若い浪人が亀吉の見詰める視線を感じたのは間違いない。
危ない処だ……。
亀吉は、背筋に寒気を覚えた。
夕陽は沈み始めた。

日が暮れた。
柳森稲荷前の古着屋や古道具屋などは店仕舞いをし、数少ない参拝客も途切れた。
葦簀張りの飲み屋には明かりが灯《とも》され、得体の知れない客たちが安酒を飲んでいた。
辰五郎は、見張り続けていた。
上原惣兵衛は境内の茶店におり、長次郎は葦簀張りの飲み屋の陰にいた。
伊助が、若い浪人と共にやって来た。
辰五郎は見守った。

伊助は、若い浪人を連れて葦簀張りの飲み屋の陰にいる長次郎の許に行った。

「親分……」

辰五郎の許に亀吉が戻って来た。

「あの若い浪人は……」

「そいつが、長次郎の家にいましてね。伊助の野郎が呼びに行ったって処ですよ」

「長次郎の家にいた……」

辰五郎は眉をひそめた。

「ええ……」

「長次郎、何かを企んでいるな……」

辰五郎は、長次郎、伊助、若い浪人を厳しい面持ちで見詰めた。

長次郎と伊助は、若い浪人を鳥居の傍に残して境内に入って行った。

おそらく、境内の茶店にいる上原惣兵衛の許に行ったのだ。

辰五郎と亀吉は見守った。

若い浪人は、鳥居の陰にひっそりと佇んだ。

夜の闇は辺りを覆い、葦簀張りの飲み屋の騒《ざわ》めきだけが洩れていた。

上原惣兵衛が長次郎と伊助を従え、柳森稲荷から出て来た。

刹那、鳥居の陰にいた若い浪人が、上原惣兵衛に斬り掛かった。
上原は、咄嗟《とっさ》に身を投げ出して躱《かわ》した。
長次郎と伊助は、素早く暗がりに散った。
辰五郎と亀吉は驚いた。
若い浪人は、身を投げ出した上原に迫り、二の太刀を放った。
血が飛び、上原は仰け反って倒れた。
「亀吉……」
辰五郎は、呼び子笛を吹き鳴らした。
「人殺しだ。人殺しだ……」
亀吉は怒鳴り、騒ぎ立てた。
葦簀張りの飲み屋から客たちが騒めきながら出て来た。
若い浪人は、刀を引いて素早く逃げた。
亀吉は、追い掛けようとした。
「亀吉、上原さまだ……」
辰五郎は、倒れている上原に走った。
亀吉が続いた。

上原は、斬られた胸元を血に染め、意識を失って倒れていた。

三

辰五郎と亀吉は、斬られて意識を失っている上原惣兵衛を柳森稲荷の社務所に担ぎ込み、医者を呼んだ。

上原の胸元の傷は深手であり、医者は厳しい面持ちで治療に当った。

「どうだ……」

梶原が報せを受け、社務所に駆け付けて来た。

「はい。かなりの深手でして、助かるかどうかは未だ……」

辰五郎は眉をひそめた。

「分からないか……」

「はい……」

辰五郎は頷いた。

「して、斬ったのは……」

「若い浪人でして、岡っ引の玉池の長次郎の家に潜んでいました」

「長次郎の家に……」

梶原は眉をひそめた。

「はい。今も潜んでいるかどうか、亀吉が見定めに行っています」

「そうか……」

「はい。梶原の旦那、長次郎は上原の旦那に手札を貰っている岡っ引。そいつが何故、上原の旦那を斬った若い浪人を潜ませていたのですかね」

辰五郎は首をひねった。

「うむ。よし、長次郎の家は玉池稲荷の傍だったな……」

「はい……」

「俺が行ってみる。連雀町は、上原が気が付いたら、何故、斬られたのか、心当たりがあるかどうか、訊いておいてくれ」

「承知しました」

辰五郎は頷いた。

梶原は、長次郎の家に急いだ。

玉池稲荷は夜の闇に包まれていた。

板塀に囲まれた長次郎の家には、明かりが灯されていた。

亀吉は見張った。

だが、長次郎のおかみさんを始め、出入りする者はいなかった。

「亀吉……」

梶原が駆け寄って来た。

「旦那……」

「上原さんを斬った若い浪人はいるのか……」

「長次郎のおかみさんがいるのは間違いありませんが、若い浪人や長次郎たちがいるかどうかは未だ……」

亀吉は眉をひそめた。

「そうか……」

梶原は、明かりの灯されている長次郎の家を厳しい面持ちで見据えた。


八丁堀は出仕の刻限を迎え、与力同心たちが南北両町奉行所に向かっていた。

北町奉行所吟味方与力の堀田内蔵助は、下男を従えて屋敷から出て来た。

物陰から麟太郎が現れ、堀田内蔵助と下男を追った。

堀田は下男を従え、組屋敷街を抜けて丹波国《たんばのくに》綾部《あやべ》藩《はん》江戸上屋敷の脇を抜けて楓川に出た。そして、楓川沿いの道を海賊橋に向かった。

麟太郎は追った。

昨日、麟太郎は梶原から堀田内蔵助を見張ってくれと頼まれ、進まない筆を放り出して張り切った。

堀田は、海賊橋に差し掛かった。

海賊橋の袂には羽織を着た肥った男と伊助がおり、堀田に挨拶をした。

羽織を着た肥った男は、岡っ引の玉池の長次郎……。

麟太郎は睨んだ。

堀田は、下男を帰して長次郎と伊助の許に進んだ。

長次郎は、腰を低くして堀田を迎え、何事かを報せた。

堀田は、薄笑いを浮かべて頷いた。

笑っている……。

麟太郎は見逃さなかった。

堀田は、長次郎と伊助を従えて海賊橋を渡り、北町奉行所に向かった。

麟太郎は追った。

長次郎が堀田に何を報告したか知らぬが、北町奉行所ですれば良いのに道端でした。

何故、道端だ……。

北町奉行所では出来ない報告だったからだ。

それは何だ……。

麟太郎は、堀田、長次郎、伊助を追いながら読んだ。

堀田、長次郎、伊助は、外濠に架かっている呉服橋御門を渡って北町奉行所に入って行った。

麟太郎は見送った。

「麟太郎さん……」

亀吉が駆け寄って来た。

「やあ、亀さん……」

「梶原の旦那に聞きました。良かったですね」

「お陰さまで……」

「で、長次郎と伊助、何処《どこ》から堀田さまと一緒だったのですか……」

亀吉は、厳しい面持ちで尋ねた。

「海賊橋で堀田どのを待っていましたよ」

「若い浪人は一緒じゃあなかったですか……」

「ええ。一緒じゃありませんでしたが、若い浪人がどうかしましたか……」

「あれ。知らないんですか、昨夜、柳森稲荷で上原の旦那が若い浪人に斬られたんですぜ」

「えっ。上原さんが……」

麟太郎は驚いた。

「ええ……」

「でも、その若い浪人が、どうして長次郎や伊助と一緒にいると……」

麟太郎は眉をひそめた。

「そいつが……」

亀吉は、麟太郎に事の次第を教えた。

「じゃあ、長次郎と伊助が上原さんを柳森稲荷に誘《おび》き出《だ》し、若い浪人に斬らせたと……」

麟太郎は読んだ。

「きっと……」

亀吉は頷いた。

堀田内蔵助が、海賊橋の袂で長次郎から何事かを報されて薄笑いを浮かべたのは、上原が若い浪人に斬られた事だったのだ。

上原襲撃の背後には、堀田内蔵助が潜んでいる。

麟太郎は気が付き、怒りを覚えずにはいられなかった。

「それで昨夜、長次郎の家を見張ったんですが、到頭《とうとう》戻らなくて……」

「此処に来ましたか……」

「ええ。そうしたら、長次郎と伊助が堀田さまと来たって訳ですよ」

亀吉は苦笑した。

「して亀さん、上原さんは……」

「命は辛うじて取り留めるようですが、果たしてどうなるか……」

亀吉は眉をひそめた。

「そうですか……」

麟太郎は頷いた。

「亀吉、麟太郎さん……」

梶原八兵衛がやって来た。

「これは梶原の旦那……」

亀吉は迎えた。

「二人がいる処を見ると、堀田と長次郎たち、いるんだな……」

梶原は、北町奉行所を示した。

「はい……」

「梶原さん、上原さんの具合は如何です」

麟太郎は尋ねた。

「相変わらず意識は戻らぬ。戻った処で口が利けるかどうか……」

梶原は眉をひそめた。

「じゃあ、その事を堀田に……」

「うん。どう報せようかと思ってな」

梶原は苦笑した。

「梶原さん、上原さん襲撃の裏には……」

麟太郎は眉をひそめた。

「堀田内蔵助が潜んでいますか……」

梶原は、麟太郎を見据えた。

「梶原さん……」

「私もそう思いますよ」

梶原は頷いた。

「じゃあ梶原さん、堀田にこう報せるのはどうでしょう……」

麟太郎は笑みを浮かべた。

梶原は、北町奉行所に向かった。

麟太郎と亀吉は、北町奉行所に入って行く梶原を見送った。

「じゃあ麟太郎さん……」

「ええ……」

麟太郎は頷いた。

亀吉は走り去った。

堀田は、梶原の報せを受けてどう出るか……。

麟太郎は、楽しげに笑った。

堀田内蔵助は、訪れた梶原を玄関脇の使者の間に通した。

梶原は、堀田の来るのを待った。

「待たせたな……」

堀田内蔵助が入って来た。

「いえ……」

「うむ。して用とは上原惣兵衛の事か……」

「はい。此方の臨時廻り同心の上原惣兵衛どのが、柳森稲荷で若い浪人に斬られたのは御存知ですね」

「勿論《もちろん》だ。して、上原を斬った若い浪人はどうなった」

「はい。追ってはいるのですが、未だに……」

梶原は、厳しさを過ぎらせた。

「梶原、南町の手に余るならば、我ら北町がいつでも出張《でば》るぞ」

堀田は、梶原を見据えた。

「それには及びません」

梶原は苦笑した。

「何か探索の手立てがあるのか……」

「はい。幾つかあります」

「幾つか……」

堀田は眉をひそめた。

「はい。一つは昌平坂と昌平橋の二つの辻斬りの両方に拘る者。もう一つは若い浪人が玉池稲荷の辺りに潜んでいる事。残る手立ては上原どのです」

梶原は、堀田を見詰めて告げた。

「上原だと……」

堀田は、戸惑いを浮かべた。

「はい……」

「上原は助かるのか……」

堀田は、微《かす》かな焦りを滲ませた。

「はい。傷は思ったより浅く、気を取り戻せば、話は出来るだろうと、医者が申しております。それ故、御安心下さいとお報せに参上した次第にございます」

梶原は、堀田を見詰めて告げた。

「そ、そうか……」

堀田は、浮かぶ狼狽《ろうばい》を素早く隠した。

「上原どのが話が出来るようになれば、若い浪人は無論、辻斬りの背後に潜む者も割れるでしょう。まあ、それが一番、確かな探索の手立てだと云えますか……」

梶原は、堀田の反応を窺った。

「う、うむ……」

堀田は、困惑気味に頷いた。

「では、私は此にて……」

梶原は、刀を手にして腰を浮かした。

「して梶原……」

堀田は、梶原を呼び止めた。

「何か……」

梶原は振り向いた。

「う、うむ。他でもない、上原は今も柳森稲荷にいるのか……」

堀田は、梶原を厳しい面持ちで見据えた。

「さあ。そいつはどうですか……」

梶原は笑った。

「違うのか……」

堀田は、微かな焦りを過ぎらせた。

「上原惣兵衛どのは、今や重き生き証人。何処にいるかは、我が南町奉行根岸肥前守さまも御存知ない秘中の秘にございます。ならば、これにて……」

梶原は、堀田に一礼して立ち上がった。

非番の北町奉行所は表門を閉め、人々は潜り戸から出入りをしていた。

麟太郎は、物陰で梶原が出て来るのを待っていた。

刻が過ぎた。

梶原が出て来た。そして、物陰にいる麟太郎を一瞥《いちべつ》して呉服橋御門に向かった。

麟太郎は、尚も物陰に潜んだ。

玉池の長次郎と伊助が潜り戸から現れ、梶原を追って呉服橋御門に急いだ。

堀田内蔵助は、梶原が上原惣兵衛の居場所に行くと睨み、玉池の長次郎と伊助に追わせたのだ。

読み通りだ……。

麟太郎は苦笑し、長次郎と伊助を追った。

呉服橋御門を渡った梶原八兵衛は、長次郎と伊助が追って来るのを見定め、素知らぬ振りで外濠沿いを竜閑橋《りゅうかんばし》に向かった。

長次郎と伊助は、竜閑橋に向かう梶原を慎重に尾行た。

麟太郎は追った。

梶原は、落ち着いた足取りで竜閑橋から神田八ツ小路に進んだ。

長次郎と伊助は尾行し、麟太郎は続いた。


不忍池には水鳥が遊んでいた。

梶原は、不忍池の畔を進んで茅町《かやちょう》二丁目の外れから大名屋敷と連なる寺の間の道に曲がった。

長次郎と伊助は尾行た。

麟太郎は続いた。

梶原は、連なる寺の前の通りを進んだ。そして、一軒の寺の前に立ち止まった。

長次郎と伊助は、素早く物陰に身を隠した。

梶原は背後を振り返って尾行を警戒し、寺の山門を潜った。

長次郎と伊助は、梶原の入った寺の山門に駆け寄った。

寺の山門には、「西徳寺《せいとくじ》」と書かれた扁額《へんがく》が掛かっていた。

長次郎と伊助は、西徳寺の山門の陰から境内を覗いた。

梶原が、本堂の裏に入って行くのが見えた。

「親分……」

「ああ。本堂の裏に家作《かさく》でもあるのかもしれねえ」

長次郎は読み、本堂の脇に走った。

伊助が続いた。

長次郎と伊助は、本堂の陰から裏を覗いた。

裏には家作があり、障子の閉められた縁側に梶原と亀吉がいた。

長次郎と伊助は、梶原と亀吉を窺った。

梶原と亀吉は、厳しい面持ちで何事か言葉を交わしていた。

そして、家作からは薬湯《やくとう》の匂いが微かに漂っていた。

「薬湯の匂いですぜ」

伊助は、鼻を鳴らした。

「ああ……」

長次郎は頷き、西徳寺の山門に向かった。

伊助が続いた。


長次郎と伊助は、西徳寺の山門を出た。

「どうやら上原の旦那は、柳森稲荷から此処に秘かに移されたようだな」

長次郎は睨んだ。

「ええ。亀吉《かめきち》が見張っているし、薬湯は上原の旦那の薬です。間違いありませんぜ」

伊助は頷いた。

「よし。伊助、お前は北町に一っ走りし、堀田さまに御報せしろ。俺は柊左京《ひいらぎさきょう》を連れて来るぜ」

「柊左京を……」

「ああ……」

長次郎は、嘲笑を浮かべた。

「じゃあ……」

伊助は駆け去った。

長次郎は、西徳寺を一瞥して不忍池の畔に向かった。

麟太郎は、長次郎を追った。

西徳寺から梶原が現れ、笑みを浮かべて見送った。


長次郎は、不忍池の畔に出て北に向かった。

北には根津権現《ねづごんげん》があり、千駄木《せんだぎ》に続く。

麟太郎は追った。

長次郎は、昌平坂や昌平橋で辻斬りを働き、柳森稲荷で上原を襲った若い浪人を連れに行くのだ。

そして、若い浪人は根津権現か千駄木の何処かに潜んでいるのに違いない。

麟太郎は読み、根津権現の方に向かう長次郎を追った。


「不忍池の畔にある西徳寺だと……」

堀田内蔵助は眉をひそめた。

「はい。西徳寺には家作がありまして、梶原の旦那から手札を貰っている連雀町の辰五郎の下っ引の亀吉が見張っていて、薬湯の匂いもしています。上原の旦那が匿《かくま》われているのは間違いないものと……」

伊助は、庭先から用部屋の縁側にいる堀田に報せた。

「うむ。して長次郎は如何致した……」

「はい。親分は柊左京さんを呼びに行きました」

伊助は告げた。

「よし。ならば今度は私も出張り、確《しか》と見届けよう」

堀田は、冷笑を浮かべた。


根津権現の境内に参拝客は少なかった。

長次郎は、根津権現門前町の盛り場に進んだ。そして、盛り場の外れにある板塀に囲まれた家に入った。

麟太郎は見届け、辺りに聞き込みを掛けた。

板塀に囲まれた家は曖昧宿《あいまいやど》だった。

曖昧宿とは、料理屋などに見せ掛けて商売女を置いている店だ。

此処に若い浪人がいるのか……。

麟太郎は、板塀に囲まれた曖昧宿を眺めた。

若い浪人は、柳森稲荷で上原惣兵衛を斬ってから此の曖昧宿に隠れている。

それは勿論、長次郎の手引きによるものだ。

若い浪人は、酒と女を宛《あて》がわれて身を潜めているのだ。

そして、長次郎は若い浪人に再び上原惣兵衛を襲わせようとしている。

上原惣兵衛の口は、何としてでも封じる……。

それは、北町奉行所吟味方与力の堀田内蔵助の指図でもあるのだ。

漸く尻尾を出すか……。

麟太郎は苦笑した。

四

不忍池は夕陽に染まった。

西徳寺の本堂裏の家作からは、薬湯の匂いが漂っていた。

亀吉は、家作の竈《かまど》に火を熾《おこ》して大鍋に入れた薬草を煎《せん》じ続けていた。

「寺の住職と寺男に何が起きても庫裏から出るなと云って来た」

梶原が土間に入って来た。

「そうですか……」

「それにしても凄い匂いだな。境内に迄、漂っているぜ」

梶原は苦笑した。

「そうですか。じゃあ、此ぐらいにしておきますか……」

亀吉は、大鍋に入れた薬草を掻《か》き回《まわ》していた御玉杓子《おたまじやくし》を脇に置いた。

「ああ、一息入れるが良い……」

梶原は、板の間の框に腰掛けた。

板の間の奥の座敷は暗く、敷いてある蒲団の中には誰もいなかった。

梶原、亀吉、麟太郎たちは、堀田内蔵助に罠を仕掛けたのだ。

「奴ら引っ掛かりますかね」

「おそらく、もう引っ掛かっているさ」

梶原は睨んでいた。

「じゃあ来ますか、薬種屋と唐物屋の旦那たちを斬り、上原の旦那を襲った若い浪人……」

亀吉は眉をひそめた。

「ああ。間違いなく来るだろうな。ひょっとしたら堀田さまも……」

梶原は読んだ。

「堀田さまも……」

「ああ……」

梶原は、不敵な面持ちで頷いた。


根津権現門前町の盛り場に明かりが灯《とも》され始めた。

麟太郎は、盛り場外れの曖昧宿の下男に金を握らせ、若い浪人の名が柊左京だと聞き出した。

曖昧宿は暖簾《のれん》を出さず、軒行燈《のきあんどん》も灯していなかった。

長次郎が現れ、辺りを窺った。

麟太郎は見守った。

総髪の若い浪人が曖昧宿から現れた。

柊左京……。

麟太郎は見定めた。

長次郎は、柊左京を促《うなが》して不忍池に向かった。

麟太郎は追った。

西徳寺の境内や本堂は暗く、庫裏にだけ明かりが灯されていた。

頭巾《ずきん》を被った堀田内蔵助は、伊助に誘《いざな》われて不忍池の畔にやって来た。

山門の傍にいた亀吉は、やって来る堀田と伊助に気が付いて土塀の内側に身を潜めた。

伊助が山門に駆け寄り、境内の様子を窺った。

西徳寺は暗く静寂に覆われ、薬湯の匂いが僅かに漂っていた。

「どうだ……」

堀田が伊助の傍に来た。

「はい。薬湯の匂いは相変わらずですが、親分と柊左京さんは未だ来ていません」

伊助は告げた。

「そうか……」

堀田と伊助は、山門の外の大名屋敷裏の土塀の暗がりに潜んだ。

堀田と伊助……。

亀吉は見定めた。

そして、玉池の長次郎が若い浪人とやって来る手筈なのだ。

亀吉は読んだ。


僅かな刻が過ぎた。

根津権現の方から二人の男がやって来た。

伊助が駆け寄った。

二人の男は、玉池の長次郎と総髪の若い浪人だった。

上原の旦那を斬ったのは若い浪人だ……。

亀吉は見定めた。

長次郎、伊助、柊左京は、堀田内蔵助の許に行った。

押込みの段取りか……。

亀吉は苦笑した。

「亀さん……」

麟太郎が土塀の上から跳び下りて来た。

「麟太郎さん、あの若い浪人……」

亀吉は、総髪の若い浪人を示した。

「上原さんを斬った柊左京です……」

麟太郎は読んだ。

「柊左京……」

亀吉は眉をひそめた。

「ええ。して家作には……」

「梶原の旦那がいます」

「そうですか……」

麟太郎は頷いた。

「麟太郎さん……」

亀吉は、暗がりに身を潜めた。

麟太郎が続き、落ちていた木の枝を握り締めた。

伊助、長次郎、柊左京、堀田内蔵助が境内を通り、本堂裏の家作に向かった。

亀吉は追った。

麟太郎は、拾った木の枝の葉を落とし、木刀のように一振りして続いた。

家作は薄暗く、周囲には薬湯の匂いが漂っていた。

長次郎、伊助、堀田、柊左京は、木陰に立ち止まった。そして、柊左京が家作に向かった。

長次郎、伊助、堀田は見送った。

柊左京は、家作の縁側に上がり、障子を開けて薄暗い座敷に踏み込んだ。

長次郎、伊助、堀田は見守った。

「来たか、曲者《くせもの》……」

家作から梶原の怒号があがり、激しい足音が鳴り響いた。

長次郎、伊助、堀田は戸惑った。

刹那、麟太郎が拾った木の枝を翳《かざ》して猛然と長次郎、伊助、堀田に襲い掛かった。

長次郎、伊助、堀田は驚き、狼狽えた。

麟太郎は、木の枝を縦横に唸《うな》らせた。

長次郎と伊助は、首筋を鋭く打ち据えられ、気を失って倒れた。

麟太郎は、木の枝を堀田に突き付けた。

「な、何だお前は。私は北町奉行所の……」

堀田は仰け反り、怯《おび》えた。

「吟味方与力堀田内蔵助、お前が薬種屋大黒屋と唐物屋南蛮堂の主たちを柊左京に斬らせ、臨時廻り同心の上原惣兵衛さんを襲わせたのは露見しているぞ」

麟太郎は、堀田を見据えた。
「黙れ、黙れ……」
堀田は狼狽え、麟太郎に抜き打ちの一刀を放った。
麟太郎は躱して踏み込み、堀田の額《ひたい》を木の枝で鋭く打ち据えた。
堀田は眼を瞠《みは》り、腰砕けに崩れ落ちた。
亀吉が飛び掛かり、堀田に捕り縄を打った。
家作の座敷の障子が蹴破られ、梶原が柊左京と斬り結びながら庭に下りて来た。
砂利が砕けて弾け、草が千切れて飛び、薬湯の匂いが激しく揺れた。
柊左京は、嘲笑を浮かべて押した。
梶原は、懸命に斬り結んだ。
柊左京は、袈裟懸けの一刀を鋭く閃《ひらめ》かせた。
梶原は、態勢を崩して膝を突きながら必死に躱した。
柊左京は、冷酷な笑みを浮かべて梶原を見据え、刀を斬り下げようとした。
次の瞬間、麟太郎は木の枝を柊左京に投げ付けた。
柊左京は、咄嗟に飛来した木の枝を切り落とした。
梶原は、態勢を崩しながらも辛うじて横薙《よこな》ぎの一刀を放った。

柊左京は、腹を斬られて呆然とした。

梶原は、素早く立ち上がった。

「お、おのれ……」

柊左京は、腹から血を滴らせ顔を醜く歪《ゆが》めて前のめりに倒れた。

梶原は、大きな吐息を洩らした。

麟太郎が倒れた柊左京に駆け寄り、その生死を確かめた。

柊左京は絶命していた。

麟太郎は見届けた。

「麟太郎さん……」

梶原は尋ねた。

「梶原さん……」

麟太郎は、安堵を浮かべて頷いた。

「そうか。お陰で助かった……」

梶原は、麟太郎に礼を云った。

「いいえ。柊左京、流石《さすが》に恐ろしい手練《てだ》れでしたね」

麟太郎は感心した。

「ああ。して……」

梶原は、本堂の脇を見た。

本堂の脇には、岡っ引の玉池の長次郎と下っ引の伊助が気を失って倒れており、堀田内蔵助が縛られ、亀吉が縄尻《なわじり》を取っていた。

梶原は、堀田に近付いた。

「おのれ、梶原。無礼な真似をするな。下郎《げろう》に直ぐ縄を解《ほど》けと命じろ」

堀田は、憎悪に満ちた血走った眼で梶原を睨み付けた。

「堀田内蔵助、手前が辻斬りをさせた事を上原さんに気付かれ、その口を塞ぐため闇討をさせた事は分っているんだよ」

梶原は、堀田に笑い掛けた。

「梶原……」

「だが、残念ながら上原さんは、此処にはいないよ……」

「何……」

「上原さんは、今も柳森稲荷にいるよ」

上原惣兵衛は、柳森稲荷で連雀町の辰五郎に護《まも》られていた。

「おのれ、罠《わな》か、騙《だま》したな……」

堀田は、激昂《げっこう》して立ち上がろうとした。

「大人しくしろ」

亀吉が突き飛ばした。

堀田は、前のめりに顔から地面に倒れ込んだ。

「まんまと罠に掛かり、のこのこ出張りやがって、吟味方与力が聞いて呆《あき》れるぜ」

梶原は嘲笑《あざわら》った。

堀田内蔵助は、汚れた顔を醜く歪めて項垂《うなだ》れた。

亀吉は、気を失っている長次郎と伊助にも縄を打った。

麟太郎は笑みを浮かべた。

夜の西徳寺には薬湯の匂いが漂い続けた。


梶原は、玉池の長次郎と伊助を大番屋に叩き込み、堀田内蔵助を南町奉行所の仮牢に繋ぎ、事の次第を内与力の正木平九郎に報せた。

平九郎は、根岸肥前守と相談して評定所《ひょうじょうしょ》に訴えた。

評定所は、堀田を御役御免にして閉門蟄居《へいもんちっきょ》を命じた。

北町奉行所臨時廻り同心上原惣兵衛は、漸く意識を取り戻した。

梶原は、上原に柊左京を斬り棄てて堀田内蔵助を捕らえた事を告げた。

上原は、覚悟を決めて知っている事を話した。

堀田内蔵助は、薬種屋『大黒屋』の主の久左衛門を脅して毒薬を手に入れ、唐物屋『南蛮堂』の主藤兵衛に御禁制品の和蘭陀《おらんだ》渡りの六連発の短筒を抜け荷して手に入れるように命じた。しかし、藤兵衛は断った。

堀田は、それらの事が洩れるのを恐れ、岡っ引の長次郎に久左衛門と藤兵衛の始末を命じた。

長次郎は、人斬りに馴れている若い浪人の柊左京を賭場で見付け、酒と女を宛がって辻斬りに仕立て上げた。

上原惣兵衛は、薬種屋『大黒屋』久左衛門辻斬りの一件を調べ続けた。そして、唐物屋『南蛮堂』藤兵衛の辻斬りにも、堀田が深い拘りがあるのを突き止めた。

堀田は、上原が突き止めた事と、南町奉行所の梶原が接触したのを逸早《いちはや》く知り、長次郎に命じて柊左京に上原を襲わせたのだ。

梶原は、長次郎と伊助を容赦なく厳しく責めた。

長次郎と伊助は、辻斬りと上原闇討が堀田に命じられての事だと認めた。

梶原は、上原の証言の裏付けを取った。

評定所と目付《めつけ》は、堀田内蔵助に毒薬と御禁制の六連発の短筒を手に入れて何をする気だったのか、厳しく尋ねた。だが、堀田内蔵助は何も語らず、逸早く切腹して果てた。

堀田内蔵助が、毒薬と六連発の短筒を手に入れて何を企てていたのかは、その死と共に闇の彼方《かなた》に消え去った。

主の死と共に堀田家は、取潰しとなって断絶した。

残るは柊左京だ。

梶原八兵衛は、長次郎を責めて柊左京の氏素性《うじすじよう》を突き止めようとした。だが、長次郎はどんなに厳しく責められても、柊左京の氏素性を知らないと云い張った。

厳しい責めに泣き、何度も気を失っても……。

長次郎は、本当に柊左京の氏素性を知らないのだ。

所詮、柊左京は堀田内蔵助や長次郎に都合良く使われた操《あやつり》人形に過ぎないのだ。

梶原は見定めた。

長次郎と伊助には、死罪の裁きが下された。

そして、北町奉行所臨時廻り同心の上原惣兵衛は、傷が治り次第、役目に戻る事になった。

南町奉行所内の奉行の役宅は、静けさに覆われていた。

内与力正木平九郎は、唐物屋『南蛮堂』主の藤兵衛殺しと北町奉行所扱いの薬種屋『大黒屋』主久左衛門殺しが落着し、始末が終わった事を根岸肥前守に報せた。

「そうか。御苦労だったな。臨時廻り同心の梶原八兵衛にはそれなりの褒美を取らせるが良い……」

肥前守は、平九郎に命じた。

「はっ。心得ました」

平九郎は頷いた。

「だが平九郎、堀田内蔵助が毒薬と六連発の短筒を手に入れて何を企てていたのかは、闇の彼方だ……」

「はい。ひょっとしたら北町奉行所に何かあるのかもしれません」

平九郎は眉をひそめた。

「うむ。暫《しばら》く眼を放さない方が良いのかもしれぬな」

肥前守は、その眼を鋭く輝かせた。

「はい……」

平九郎は頷いた。

「処で平九郎、麟太郎は此度も働いたのか……」

「それはもう。梶原によりますれば、麟太郎どのに命を助けられたとか……」

「ほう。そうか、役に立ったか、それは重畳《ちょうじょう》」

肥前守は、満足そうに頷いた。

役宅の庭には、木洩《こも》れ日《び》が揺れた。


地本問屋『蔦屋』二代目主のお蔦は、麟太郎の書いて来た絵草紙の原稿を読み終えた。

「どうだ……」

麟太郎は、お蔦の感想を待った。

「大江戸閻魔帳傀儡往来《くぐつおうらい》。悪党の企みや辻斬りの氏素性がはっきりしないのが、何だかすっきりしないわねえ」

お蔦は眉をひそめた。

「そうかなあ。本当の事なんだがなあ……」

麟太郎は首を捻った。

「麟太郎さん、本当の事だから面白くなくて良いってのはありませんよ」

「そりゃあそうだが……」

「本当の事で良いなら、戯作者《げさくしゃ》の閻魔堂赤鬼先生は要りませんよ」

お蔦は、原稿を突き返した。

「分かった。仰る通りだ。その辺りは必ず何とかする。うん……」

麟太郎は、原稿を引き取って最後の部分を面白可笑《おか》しく書き直す約束をした。

「そうですか、じゃあお願いしましたよ」

「うん……」

「ああ。それから此の前の大江戸閻魔帳怒りの百人斬り、ちょいと版を重ねる事になりましたよ」

お蔦は微笑んだ。

「そうか、そいつは嬉しいな……」

麟太郎は声を弾ませた。

「それで僅かですが、此を……」

お蔦は、懐紙《かいし》に包んだ金を差し出した。

「ありがたい……」

鱗太郎は、懐紙の金包みを手にして喜んだ。

浜町堀《はまちょうぼり》を行く屋根船の船頭の操る竿《さお》から水飛沫《みずしぶき》が飛び、陽差しに眩《まぶ》しく煌《きら》めいた。

第三話　椋鳥《むくどり》

一

浜町堀《はまちようぼり》の緩《ゆる》やかな流れに月影は揺れ、屋根船は三味線の爪弾《つまび》きを残して大川《おおかわ》に進んで行った。

麟太郎は、両国広小路《りようごく》で戯作者《げさくしゃ》仲間と酒を飲み、浜町堀に架かっている緑橋《みどりばし》を渡った。そして、浜町堀沿いの道を元浜町に向かっていた。

美味《うま》くて楽しい酒だった……。

麟太郎たち戯作者は、様々な話を面白可笑《おか》しく喋《しやべ》り、夢か現《うつつ》かの楽しい刻《とき》を過ごした。

麟太郎は、浜町堀に架かっている汐見橋《しおみばし》の袂《たもと》を抜け、次の千鳥橋《ちどりばし》の辻《つじ》を元浜町に曲がった。そして、裏通りに入った。

裏通りを進んだ処《ところ》に横道があり、奥に閻魔堂《えんまどう》と閻魔長屋の木戸があった。

麟太郎は、横道に進んで閻魔長屋の木戸に向かった。

閻魔長屋の木戸の隣の閻魔堂は、蒼白い月明かりを浴びていた。

お陰さまで今夜は美味い酒を飲ませて戴《いただ》きました……。

麟太郎は、閻魔堂に手を合わせた。

さあ、寝るぞ……。

麟太郎は、閻魔堂に一礼して閻魔長屋の木戸に向かおうとした。

閻魔堂の中から微《かす》かな物音がした。

何だ……。

麟太郎は、閻魔堂を振り向いた。

物音は閻魔堂の中からしていた。

麟太郎は、閻魔堂の中を窺《うかが》った。

閻魔堂の中には、微かに人の潜んでいる気配がした。

物盗りか……。

閻魔堂の中には、塗りの剝《は》げた古い閻魔の座像があるだけで金目の物は何一つない筈《はず》だ。

だが、血迷って古い閻魔像を盗んで叩《たた》き売る罰当《ばちあ》たりもいる。
おのれ……。
麟太郎は、閻魔堂の格子戸を開けた。
格子戸は軋《きし》みを鳴らした。
閻魔堂に蒼白い月明かりが差し込み、塗りの剝げた古い閻魔の座像を照らした。
古い閻魔像の台座の後ろには、蹲《うずくま》っている人影が見えた。
「誰だ。出て来い……」
麟太郎は、閻魔像の台座の後ろの人影に呼び掛けた。
台座の後ろに蹲っている人影は、微かな呻《うめ》き声《ごえ》を洩《も》らした。
女……。
呻き声は女のものだった。
麟太郎は、戸惑いを浮かべて閻魔像の台座の背後を覗《のぞ》いた。
十三、四歳の旅姿の少女が顔を赤くし、息を荒く鳴らしてぐったりと蹲っていた。
身体の具合が悪い……。
麟太郎は、一目見てそう思った。

「おい、どうした……」

麟太郎は、旅姿の少女に怪訝《けげん》な面持ちで声を掛けた。

旅の少女は、苦しげに呻いて崩れた。

「おい……」

麟太郎は、驚き慌てて崩れた旅の少女を抱き起こした。

旅の少女の額は熱かった。

熱がある……。

「おい。しっかりしろ……」

放っては置けぬ……。

麟太郎は旅の少女を背負い、抱えていた風呂敷包みを手にした。

旅の少女の身体は軽く、細く痩《や》せた手足は熱に震えていた。

麟太郎は、行燈《あんどん》に明かりを灯《とも》した。

そして、二つ折りにしていた蒲団を敷いて旅の少女を寝かした。

旅の少女は熱に震えていた。

「寒いか……」

麟太郎は、蒲団や褞袍《どてら》など引っ張り出して震える旅の少女に掛けた。だが、旅の少女の震えは止まらない。

「くそっ……」

麟太郎は、家を飛び出した。


閻魔長屋の家の殆《ほとん》どは暗く、左官職人の定吉《さだきち》の家だけに明かりが灯されていた。

麟太郎は定吉の家に走り、腰高障子《こしだかしょうじ》を小さく叩いた。

「定吉さん、青山麟太郎だ。定吉さん……」

麟太郎は、小声で呼んだ。

「なんだい、麟太郎さん……」

定吉の女房のおはまが腰高障子を開け、眠たげな顔を見せた。

「おはまさん、夜遅くすまぬ。熱冷ましがあるか……」

麟太郎は尋ねた。

「熱冷まし……」

おはまは、怪訝な面持ちで聞き返した。

「ああ。閻魔堂に熱のある旅の女の子がいてな。それでな……」

「旅の女の子……」

「ああ……」

おはまは、寝間着のまま肥《ふと》った身体を揺らして麟太郎の家に走った。

麟太郎が続いた。


おはまは、旅の少女の様子を見て眉をひそめた。

「麟太郎さん、凄い熱だよ。私が見ているから東庵《とうあん》先生を呼んで来な」

「心得た。後を頼んだ……」

麟太郎は、袴《はかま》の股立《ももだ》ちを取って近くの町医者桂田《かつらだ》東庵の家に走った。

おはまは、井戸から水を汲《く》んで手拭《てぬぐい》を濡《ぬ》らして絞り、震えている旅の少女の額に載せた。

「今、お医者が来るからね、頑張るんだよ」

おはまは、震えている旅の少女を励ました。

「どうした、おはま……」

定吉が、麟太郎の家を覗いた。

「病人だよ、病人。可哀想に……」

「そいつは大変だ……」

定吉は、詳しい事も分らぬまま慌てた。


町医者桂田東庵は、旅の少女を慎重に診察した。

麟太郎とおはま定吉夫婦は、心配そうに見守った。

「ま。風邪《かぜ》と云《い》う処だな……」

東庵は診察を終えた。

「風邪ですか……」

「何処《どこ》から来たのか知らぬが、華奢《きやしや》な身体に厳しい道中だったのだろう」

東庵は診断した。

「じゃあ先生。風邪なら部屋を暖かくして熱冷ましを飲ませるのかい……」

おはまは訊《き》いた。

「ああ。そうだ。で、熱冷ましの薬だ」

東庵は頷《うなず》き、薬籠《やくろう》から薬を取り出した。

「麟太郎さん、竈《かまど》で湯を沸かして、火鉢に火を熾《おこ》しな。お前さん、家から私の洗濯した浴衣《ゆかた》と手焙《てあぶ》りを持って来な。二人とも愚図愚図《ぐずぐず》するんじゃあないよ」

おはまは、麟太郎と定吉にてきぱきと指図した。

「心得た……」

「はいよ……」

麟太郎と定吉は、おはまの指図に素直に従って動いた。

麟太郎の家の微かな酒の匂いは、一瞬にして熱冷ましの薬湯《やくとう》の匂いに変わった。

「あの……」

麟太郎は、女の子の遠慮がちな声を夢現に聞き、壁に寄り掛かっての居眠りから目覚めた。

「うん。誰だ。どうした……」

麟太郎は、辺りを見廻した。

旅の少女は、おはまの大きな浴衣を着て蒲団の上に座っていた。

「おう。熱は下がったか……」

「は、はい……」

旅の少女は、戸惑った面持ちで頷いた。

「どれどれ……」

麟太郎は、旅の少女の額に触った。

額は未《ま》だ未《ま》だ熱かった。

「僅《わず》かだが、熱は未だある。さあ、横になるんだな」

麟太郎は、旅の少女に告げた。

「は、はい。でも……」

旅の少女は、自分が着ている大きな浴衣を怪訝に見詰めた。

「ああ。その浴衣は長屋の奥の家のおはまさんの物でな。お前さんの汗が酷《ひど》かったので着替えさせてくれたんだ」

「おはまさんですか……」

「後で来るから、礼を云うんだな」

麟太郎は微笑《ほほえ》んだ。

「はい。あの、私……」

「うん。閻魔堂の中で熱を出して気を失っていてな。で、俺が家に担ぎ込んだ。東庵先生の見立てじゃあ風邪でな。熱冷ましを飲んで寝ていると良いそうだ」

「そうですか。御世話になりまして、ありがとうございます」

旅の少女は、麟太郎に深々と頭を下げて礼を述べた。

「いや。困った時はお互い様だ。俺は浪人の青山麟太郎、お前は……」

麟太郎は笑い掛けた。

「あっ、私はつるです。相模国《さがみのくに》の藤沢《ふじさわ》から来ました」

旅の少女はつると名乗り、相模国の藤沢から来たと告げた。

「そうか。おつるちゃんか……」

麟太郎は頷いた。

「麟太郎さん、どうだい女の子の具合……」

おはまが肥った身体を揺らし、腰高障子を開けて入って来た。

「やあ、おはまさん……」

麟太郎は迎えた。

「あら、眼が覚めたのかい……」

おはまは、起きているおつるに気が付いて微笑んだ。

「はい……」

おつるは、おはまに頭を下げた。

「おはまさん、相模国は藤沢から来たおつるちゃんだ……」

麟太郎は、おつるとおはまを引き合わせた。

「あら、おつるちゃんかい……」

おはまは、肥った身体で麟太郎の家にあがった。

床が軋んだ。

麟太郎は、思わず両手をついて身体に力を込めた。


卵入りの粥《かゆ》は湯気を昇らせていた。

「さあ、卵粥が出来たぞ。沢山食べて滋養《じよう》を付けるんだ」

麟太郎は、卵入り粥の鍋を火鉢の五徳《ごとく》に掛け、椀《わん》に盛っておつるに差し出した。

「ありがとうございます」

おつるは、椀と箸《はし》を受け取って卵粥を食べ始めた。

「美味《おい》しい……」

おつるは呟《つぶや》いた。

「そいつは良かった。さあ……」

麟太郎は勧めた。

「はい……」

おつるは、卵粥を食べた。

「処でおつるちゃん、江戸には何しに来たのだ」

麟太郎は、おつるが卵粥のお代りをして食べ終えたのを見計らって尋ねた。

「はい……」

おつるは、椀と箸を置いた。

「お父《と》っつあんを捜しに来たのです」

おつるは告げた。

「お父っつあんを捜しに……」

麟太郎は眉をひそめた。

「はい。お父っつあん、佐平《さへい》って名前でして、二年前から江戸に出稼ぎに来ているんです」

おつるは、哀《かな》しげに頷いた。

「佐平さんか……」

「はい……」

「で、お父っつあんの佐平さん。江戸の何処に出稼ぎに来ているんだい」

「一年前に届いた手紙には、日本橋《にほんばし》の浜町にいるって……」

「それで浜町に来たのか……」

相模国藤沢から江戸迄《まで》は十二里十二丁（約五十キロ）。おつるは父親を捜しに一人で来たのだ。

「はい。それで、江戸に着いた頃から身体の具合が悪くなって……」

「浜町まで来て閻魔堂に転がり込んだか……」

「はい。寒気がして一休みしようと思って……」

「で、気を失ったか……」

「はい……」

おつるは頷いた。

「おつるちゃん、お父っつあんの佐平さんは浜町の何処で何をしているんだ」

「米問屋で下男働きをしていると……」

「何て米問屋かな……」

「さあ。手紙には名前は書いてありませんでした」

おつるは項垂《うなだ》れた。

「そうか。ま、浜町に米問屋は何軒もないし、訊いて歩けば直《す》ぐに分かるだろう」

麟太郎は笑った。

「そうですか……」

「うん。そうか、おつるちゃんのお父っつあんの佐平さんは、二年前から江戸に出稼ぎに来ているのか……」

「はい。それでおっ母《か》さんが病《やまい》になって、私、それをお父っつあんに報せたくて……」

「よし、分かった。此《これ》から俺が浜町の米問屋を訪ねてみるよ」

「でも、麟太郎さん、お仕事は……」

「おつるちゃん、俺は閻魔堂赤鬼《あかおに》って絵草紙の戯作者でね」

「閻魔堂赤鬼……」

おつるは、困惑を浮かべた。

「ああ。だから心配するな。じゃあ、煎《せん》じ薬を飲んで寝ているんだぜ」

麟太郎は、おつるに云い残して家から出て行った。

「すいません……」

おつるは、頭を下げて見送った。

「浜町堀沿いに米問屋は二軒あるよ……」

元浜町の老木戸番の源助《げんすけ》は、煙管《きせる》を燻《くゆ》らしながら告げた。

「二軒か……」

「ああ。通油町《とおりあぶらちょう》の越後屋《えちごや》と高砂町《たかさごちょう》の恵比寿屋《えびすや》の二軒だ……」

源助は告げた。

「源さん、高砂町の恵比寿屋って、去年の暮れに盗賊に押込まれた恵比寿屋か……」

麟太郎は眉をひそめた。

「ああ……」

源助は頷き、煙管を煙草盆《たばこぼん》に打って灰を落とした。

「そうか……」

浜町堀高砂町の米問屋『恵比寿屋』は、去年の暮れに盗賊に押込まれ、二百両の金を奪い取られていた。

もし、おつるの父親の佐平が奉公していたのなら、盗賊の押込みに遭《あ》っている筈だ。

よし……。

麟太郎は、元浜町の老木戸番の源助に礼を云って高砂町に向かった。

高砂町の米問屋『恵比寿屋』では、浜町堀に着いた荷船から人足たちが米俵を降ろし、蔵に運び込んでいた。

麟太郎は、帳場の前の框《かまち》に腰掛けて番頭に聞き込みを掛けていた。

「下男の佐平ですか……」

番頭は眉をひそめた。

「ええ。相模の国は藤沢から出稼ぎに来た者で、浜町堀の米問屋に奉公している筈なんだが、恵比寿屋にいないかな」

麟太郎は尋ねた。

「佐平ねえ……」

「今はいないのかな……」

「ええ。いませんが……」

「そうか。じゃあ、通油町の越後屋かな……」

「そう云えば、去年の暮れに盗賊に押込まれた後、出稼ぎに来ていた下男が辞めましてね。それが佐平だったかもしれません」

番頭は、一年程しか奉公しなかった出稼ぎの下男の名前を覚えてはいなかった。

「盗賊に押込まれた後に辞めた下男ですか……」

麟太郎は眉をひそめた。

「ええ。江戸は恐ろしい処だと思って辞めたのかもしれません」

番頭は苦笑した。

「因《ちな》みに訊くが、押込んだ盗賊の名は……」

「お役人さまの話では、盗賊都鳥《みやこどり》の一味かも知れないと……」

「都鳥ですか……」

〝都鳥〟とは、冬に来る渡り鳥で〝ゆりかもめ〟とも呼ばれている。

「ええ……」

「して番頭さん、その下男が此処《ここ》を辞めてからどうしたかは……」

「存じませんねえ。もし、宜《よろ》しかったらずっと奉公している下男にも訊いてみますが……」

「ありがたい。そうして貰《もら》えるか……」

麟太郎は頼んだ。しかし、米問屋『恵比寿屋』の古い下男は、出稼ぎの下男の名が佐平だと覚えていたが、辞めてからどうしたかはまったく知らなかった。

何《いず》れにしろ、おつるの父親の佐平は、高砂町の米問屋『恵比寿屋』に出稼ぎの下男奉公をし、盗賊の押込み騒ぎの後に辞めていた。そして、佐平がその後どうしたか知っている者は、今の処いなかった。

さあて、どうする……。

麟太郎は、高砂橋に佇《たたず》んで浜町堀の緩やかな流れを眺めた。

腰高障子は小さく叩かれた。

おつるは、腰高障子を見た。

腰高障子には女の影が映っていた。

「は、はい……」

「えっ……」

戸惑った声がし、腰高障子を開けてお蔦が覗き込んだ。

おつるは、緊張した面持ちで会釈をした。

「あの。私はお蔦って者ですけど、麟太郎さんは……」

お蔦は、おつるを見詰めた。

「今、お出掛けです……」

「じゃあ、貴女《あなた》は……」

お蔦は眉をひそめた。

「私はつると申しまして、昨夜遅く、麟太郎さまに助けて貰ったんです」

「麟太郎さんに助けて貰った……」

「はい……」

おつるは、お蔦を見詰めて頷いた。

「へえ、じゃあ、その辺りの事を詳しく聞かせて貰おうかしら……」

お蔦は、笑みを浮かべた。

頬を引《ひ》き攣《つ》らせたような笑みだった。

麟太郎は、通油町の米問屋『越後屋』にも当った。だが、米問屋『越後屋』は、相模国藤沢から来た出稼ぎ人を下男に雇った事はなかった。

やはり、高砂町の米問屋『恵比寿屋』に下男奉公した出稼ぎ人が佐平なのだ。

麟太郎は見定めた。

二

通油町の米問屋『越後屋』の近くに地本《じほん》問屋『蔦屋《つたや》』があった。

麟太郎は、地本問屋『蔦屋』を訪れた。

地本問屋『蔦屋』は、いつも通りに役者絵を選ぶ若い女客で賑《にぎ》わっていた。

「やあ。二代目はいるかな……」

麟太郎は、帳場にいる番頭の幸兵衛に声を掛けた。

「こりゃあ、閻魔堂の赤鬼先生。お嬢さまは閻魔長屋に行きましたよ」

「えっ……」

「行き違いですか……」

「う、うん。俺、ちょいと用があって出掛けた帰りでな」

麟太郎は苦笑した。

「そうですか。御用があるなら、手前が伺って置きますが……」

「いや。それには及ばないが……」

「あら、来ていたの……」

お蔦が帰って来た。

「おお……」

「逢《あ》ったわよ。おつるちゃんに……」

「そうか。だったら話は早い」

「ええ。ま、上がりなさいな」

お蔦は、麟太郎を店の座敷に上げた。

お蔦は、麟太郎に茶を差し出した。

「どうぞ……」

「うん。戴く……」

麟太郎は茶を飲んだ。

「で、どうだったの浜町堀の米問屋……」

お蔦は訊いた。

「おつるちゃんのお父っつあんの佐平さんだが、どうやら高砂町の恵比寿屋に奉公していたようだ」

「恵比寿屋にねえ。で、していたようだって事は、佐平さん今は……」

「そいつが去年の暮れ、恵比寿屋は盗賊都鳥の一味に押込まれてな。その後、佐平さんは恵比寿屋の奉公を辞めて出て行ったそうだ」

麟太郎は、吐息混じりに告げた。

「あら、そうなの。それで、佐平さん、何処に行ったのかは……」

「分からぬ……」

「そう。じゃあ、此からどうするの……」

お蔦は眉をひそめた。

「そいつなんだが、おつるちゃん、風邪が治ったら蔦屋で預かっては貰えないかな……」

「おつるちゃんを預かる……」

「ああ。何と云っても、閻魔長屋の俺の家は狭い一部屋だから……」

「そうよねえ。それに汚いし……」

お蔦は頷いた。

「それで、俺も何かと大変でな……」

麟太郎は苦笑した。

「ま、大変なのは、おつるちゃんの方でしょうけどね」

「う、うん……」

「良いわよ。なんだったら、今日から預かってあげても良いわよ」

お蔦は引き受けた。

「そいつはありがたい……」

麟太郎は喜んだ。

麟太郎とお蔦は、おつるを乗せて帰る町駕籠《まちかご》を雇って閻魔長屋に向かった。

「おう。おつるちゃん、開けるよ」

麟太郎は、自分の家の腰高障子に声を掛けた。だが、家の中は静かなままで、おつるの返事はなかった。

「どうかしたのかな……」

麟太郎は首を捻《ひね》った。

「又、熱が上がったんじゃあないかしら……」

お蔦は緊張した。

「えっ……」

麟太郎は、戸惑いを浮かべた。

「退《ど》いて……」

お蔦は、麟太郎を押《お》し退《の》けた。

「おつるちゃん、開けるわよ」

お蔦は、腰高障子を開けて中に入った。

家の中は蒲団が畳まれて綺麗に片付けられ、おつるの姿はなかった。

「あら、ま……」

お蔦は、戸惑いを浮かべた。

「どうした、二代目……」

麟太郎が入って来た。

「おつるちゃん、出て行ったようね」

お蔦は、吐息を洩らした。

「何……」

麟太郎は、家に入って中を見廻した。そして、おつるがいなく、その荷物もないのを見定めた。

「何故《なぜ》だ……」

麟太郎は眉をひそめた。

「麟太郎さん……」

お蔦は、文机《ふづくえ》の上に置かれた書置きを見付けた。

書置きには、『おせわになりました。ありがとうございました。つる』と書かれていた。

「おせわになりました。ありがとうございました。つる。随分とあっさりしたものね」

お蔦は苦笑した。

「ああ、それにしてもどう云う事だ」

麟太郎は、事態が分からず首を捻った。

「きっと麟太郎さんに此以上、迷惑を掛けるのが心苦しかったのかもしれないわね」

お蔦は読んだ。

「そうかな……」

何れにしろ、おつるは荷物を持って出て行った。

麟太郎の部屋に争った痕跡はなく、おつるが自分の意志で出て行ったのに間違いはないようだ。

何故だ……。

麟太郎が浜町堀沿いにある米問屋を調べた結果を待たずに出て行ったのは、何故なのだ。

麟太郎は困惑した。

「で、どうするの……」

お蔦は、雇った町駕籠に心付けを渡して帰し、戻って来た。

「ま、おつるが父親の佐平さんを捜しに来たのは間違いあるまい……」

「もし、そうだとしたら、お父っつあんの佐平さんを捜せば、何処かで逢うかもしれませんか……」

お蔦は、麟太郎の腹の内を読んだ。

「ああ……」

麟太郎は頷いた。

「それより、取《と》り敢《あ》えず閻魔長屋の界隈でおつるちゃんを見掛けた人を捜したらどうですか……」

お蔦は眉をひそめた。

「そうか。そうだな。よし……」

麟太郎は、お蔦の言葉に従う事にした。

煙草の煙りは揺れて散った。

「ああ。旅姿の痩せた娘なら来たよ」

元浜町の老木戸番の源助は、煙管を燻らせながら頷いた。

「やっぱり……」

鱗太郎は身を乗り出した。

「ああ……」

源助は頷いた。

「それで源さん、その娘、浜町堀沿いにある米問屋の事を尋ねたかな」

「いや、あの娘、米問屋の事なんか、聞かなかったぜ」

源助は、煙管の灰を叩き落とした。

「えっ。じゃあ何を……」

鱗太郎は眉をひそめた。

「本所《ほんじょ》に行く道筋だよ」

「本所……」

鱗太郎は、戸惑いの声をあげた。

「ああ。本所にはどう行ったら良いか教えてくれって。だから千鳥橋を渡って両国広小路に行き、大川に架かっている両国橋を渡れば本所だと教えてやったよ」

源助は、煙管の雁首《がんくび》に煙草を詰め、煙草盆の火を付けた。

「で、源さん、娘はどうしたかな……」

「両国広小路に向かって行ったよ」

源助は、煙草の煙りを吐き出した。

「そうか。助かったよ、源さん……」

麟太郎は、源助に礼を云って千鳥橋に向かった。

おつるは、浜町堀沿いの米問屋の事を尋ねず、本所に行く道筋を訊いた。

何故だ……。

麟太郎は、千鳥橋を渡って両国広小路に向かいながら思いを巡らせた。

おそらくおつるは、父親の佐平が既に米問屋ではなく本所にいると知っているのだ。だから、米問屋の事ではなく、本所への道筋を源助に訊いたのだ。

父親の佐平は本所にいる……。

おつるは、そうと知りながら麟太郎に偽りを云い、浜町堀沿いの米問屋を探させた。

何故だ……。

麟太郎は佇んだ。

その理由は、おつるを見付けて訊くしかないのだ……。

しかし、おつるが本所の何処に行ったのか分からない。

分からないのに急いでも仕方がない……。

麟太郎は、本所に行くのを止《や》めた。

夕陽は、佇んだ麟太郎の影を道に長く伸ばした。


神田連雀町《かんだれんじやくちょう》にある居酒屋は、雑多な客たちで賑わっていた。

麟太郎は、店の隅で下《した》っ引《ぴき》の亀吉と酒を飲んでいた。

「へえ。折角、助けてやったのに、黙っていなくなっちまったんですか……」

亀吉は眉をひそめた。

「ええ……」

麟太郎は、苦笑しながら酒を飲んだ。

「幾ら子供でも、恩知らずが過ぎますね」

亀吉は厳しかった。

「ま、何か事情があるんでしょう」

麟太郎は、手酌《てじやく》で酒を飲んだ。

「父親の佐平が本所にいるのを隠した事情ですか……」

亀吉は読んだ。

「ええ……」

麟太郎は頷いた。

「そうですかねえ……」

亀吉は、手酌で猪口《ちょこ》に酒を満たそうとした。

徳利から酒が僅かに滴り落ちた。

「親父さん、酒を頼む……」

亀吉は、店の亭主に酒を頼んだ。

「処で亀さん、都鳥って盗賊、どう云う奴らですか……」

「米問屋の恵比寿屋の押込みですか……」

「ええ……」

「あれは北町の月番の時の一件で、詳しい事は知りませんが、いつの間にか押込んで二百両を盗んでいったって盗賊でしてね。犯さず殺さず傷付けずの真っ当な盗賊だそうですぜ」

亀吉は告げた。

「おまちどお……」

亭主が新しい徳利を持って来た。

「おう……」

亀吉は、手酌で猪口に酒を満たした。

「真っ当な盗賊ねえ……」

「ええ。盗賊に真っ当も糞《くそ》もないと思いますがね……」

亀吉は苦笑し、酒を飲んだ。

「で、盗賊の頭《かしら》の都鳥ってのは、どんな奴ですか……」

「麟太郎さん、都鳥ってのは、冬に渡って来る渡り鳥でしてね。その盗賊どもは、何故か冬に盗賊働きをするので、いつの間にか都鳥って呼ばれるようになったそうでして、頭がどんな奴で一味が何人かも良く分からないんですよ」

「へえ。そうなんだ……」

「ええ……」

「冬に盗賊働きをする都鳥か……」

麟太郎は、感心したように呟いて酒を飲んだ。

「そう云えば、姿を消したおつるの父親の佐平も出稼ぎに来ているんでしたね」

「ええ。二年前から来ているそうでして、おっ母さんが病で倒れたので、報せに来たと云っていましたよ」

「そうですか、椋鳥《むくどり》も大変だ……」

「椋鳥……」

麟太郎は眉をひそめた。

「えっ。知らないんですか、椋鳥……」

「ええ。何ですか……」

「椋鳥ってのは、田舎から江戸に出て来た者の事でしてね。ま、出稼ぎの田舎者って処ですか……」

亀吉は笑った。

「そうですか。都鳥に椋鳥、鳥もいろいろいるんですねえ」

「そりゃあもう。で、明日から本所に行っておつるを捜すんですか……」

「ええ。まあ……」

麟太郎は頷き、手酌で酒を飲んだ。

夜廻りの木戸番は、浅草駒形町《あさくさこまがたちよう》に拍子木《ひようしぎ》の音を響かせて通り過ぎて行った。

仏具屋『秀峰堂《しゆうほうどう》』の潜り戸《くぐど》が開き、下男らしき男が顔を出して辺りを見廻した。

物陰や暗がりから三人の男が現れ、下男らしき男の傍《そば》に音も立てずに駆け寄った。

そして、次々と仏具屋『秀峰堂』に入り、下男らしき男が潜り戸を閉めた。

夜廻りの木戸番が打つ拍子木の音が遠くで響いた。


翌日。

仏具屋『秀峰堂』は、暖簾《のれん》を掲げて商いを始めていた。

南町奉行所臨時廻《りんじまわ》り同心梶原八兵衛は、下っ引の亀吉に誘《いざな》われて駒形町の仏具屋『秀峰堂』にやって来た。

仏具屋『秀峰堂』の店の帳場では、岡っ引《おかっぴき》の連雀町の辰五郎が番頭と厳しい面持ちで言葉を交わしていた。

「親分、梶原の旦那がお見えです」

亀吉が梶原を誘って来た。

「こりゃあ旦那、御苦労さまです」

辰五郎と番頭が迎えた。

「うむ。連雀町の、盗賊の押込みに間違いないのか……」

梶原は眉をひそめた。

「はい。金蔵の錠前が合鍵で開けられ、番頭さんの話では二百両の金が奪われていたそうです」

辰五郎の言葉に番頭が頷いた。

「そうか。ならば番頭、旦那を呼んで貰おうか……」

梶原は、厳しい面持ちで番頭に命じた。

「は、はい。少々お待ち下さい」

番頭は、奥に入って行った。

「梶原の旦那……」

「ああ。誰も気付かぬ内に忍び込んで金を奪ったとなると、かなりの盗賊だな」

梶原は睨《にら》んだ。

「ええ……」

辰五郎は頷いた。

「かなりの盗賊ですか……」

亀吉は眉をひそめた。

大川に架かっている両国橋は両国広小路と本所を結び、常に大勢の人々が行き交っていた。

麟太郎は、両国橋の西詰に立って行き交う人々を眺めた。

行き交う人々は、老若男女、武家に町方の者など様々な者がいた。そして、両国広小路には多くの見世物小屋や露店が並び、遊びに来た者で賑わっている。
十三、四歳の旅の少女のおつるが両国橋を渡って行ったとしても、覚えている者など一人もいないだろう。
麟太郎は、橋の袂《たもと》で商いをしている露店の者に聞き込みを掛けるのを諦めた。

とにかく本所だ……。

麟太郎は、両国橋を渡って本所に向かった。


本所の町は竪川《たてかわ》沿いに東に続き、北に向島《むこうじま》、南に深川《ふかがわ》があった。

「さあて、どっちだ……」

麟太郎は、両国橋を渡って東詰に佇んだ。

南には本所尾上町《おのえちょう》、東の正面には本所元町《もとまち》がある。

おつるは、分かり易い道筋で両国橋を渡って本所に来た。

難しいのはそれからだ……。

おつるは、必ず誰かに道を訊いている筈だ。

麟太郎は睨み、元町の木戸番屋を訪れた。


木戸番屋は、店先で草鞋《わらじ》、炭団《たどん》、渋団扇《しぶうちわ》などの荒物や焼芋を売っていた。

麟太郎は、焼芋の具合を見ていた中年の木戸番に声を掛けた。

「ちょいと尋ねるが……」

「はい。何でしょうか……」

木戸番は、麟太郎を振り返った。

「昨日の夕刻、十三、四歳の旅の娘が道を尋ねに立ち寄らなかったかな」

麟太郎は尋ねた。

「昨日の夕刻、十三、四歳の旅の娘ですか……」

木戸番は首を捻った。

「うん。風呂敷包みを持った痩せた娘なんだが、どうかな……」

「さあ。来なかったと思いますが……」

木戸番は、申し訳なさそうに告げた。

「そうか、来なかったか……」

麟太郎は肩を落とし、木戸番に礼を云って本所竪川に向かった。

麟太郎は、本所竪川に架かっている一つ目之橋の上に佇んだ。

竪川は大川から東に続き、左右に本所の町の家並みが連なっていた。

麟太郎は、眩《まぶ》しげに竪川を眺めた。

竪川の左右に連なる家並みの背後には、小旗本や御家人の屋敷が数多く連なり、堀割が縦横に入り組んでいた。

麟太郎の佇む一つ目之橋の北側には、北本所と向島が続く。そして、南側には深川が広がっている。

おつるの行きたい処には、目印になる物があるのかもしれない。

それは、名高い寺か神社であり、誰に訊いても直ぐに分かる物なのだ。

父親佐平の手紙には、本所××寺裏の家にいるとか、本所××神社に毎日参拝しているとか、書かれていたのかもしれない。

おつるは、おそらくそれを手掛りにして来たのだ。

麟太郎は、一つ目之橋の上に佇んで界隈にある誰でも知っている寺や神社、名所を思い浮かべた。

北には回向院《えこういん》に御竹蔵《おたけぐら》、奥に亀戸天神《かめいどてんじん》などがあり、南には御船蔵《おふなぐら》と弥勒寺《みろくじ》などがある。

先《ま》ずは回向院だ……。

麟太郎は、竪川に架かっている一つ目之橋を降り、一番近い回向院に向かった。

三

駒形町の仏具屋『秀峰堂』は、変わらず商いを続けていた。

梶原八兵衛、連雀町の辰五郎、亀吉は、駒形堂傍の茶店から仏具屋『秀峰堂』を眺めていた。

「それにしても秀峰堂、盗賊に二百両を奪われても、どうって事もないようですね」

亀吉は感心した。

「ああ。江戸でも名高い仏具屋だからな」

辰五郎は苦笑した。

仏具屋『秀峰堂』は、手代や小僧たちが忙しそうに出入りしていた。

「連雀町の、亀吉。盗賊を手引きした者がいるな……」

梶原は、仏具屋『秀峰堂』を眺めながら茶を啜った。

「手引きした者ですか……」

辰五郎と亀吉は。戸惑いを浮かべた。

「ああ。店や母屋《おもや》の戸を外から抉開《こじあ》けた痕跡《こんせき》が一切ないとなると、誰かが家の中から手引きをしたとしか考えられないぜ」

梶原は読んだ。

「って事は、奉公人の中に盗賊一味の者がいるって事ですか……」

辰五郎は眉をひそめた。

「うむ。連雀町の。昨夜、押込みがあった時、店にいた奉公人でそれらしい者がいないか捜してみな」

梶原は命じた。

「承知しました」

「じゃあ親分、先ずは住込みの奉公人を洗ってみますか……」

亀吉は、厳しい面持ちで仏具屋『秀峰堂』を見詰めた。

本所回向院には参拝客が訪れ、近所の年寄りが散歩に来ていた。

麟太郎は、境内の隅の茶店を訪れて十三、四歳の旅の娘を見掛けなかったか尋ねた。

「さあ、見掛けませんでしたが……」

茶店の老婆は首を捻った。

「そうか……」

麟太郎は肩を落とした。

「お侍さん、何でしたら爺さまにも訊いてみましょうか……」

茶店の老婆は、肩を落とした麟太郎に同情した。

「ありがたい、そうしてくれるか……」

麟太郎は微笑んだ。


おつるが回向院を訪れた様子はなかった。

麟太郎は見定め、回向院から御竹蔵に向かった。

大川沿いにある御竹蔵は公儀の材木蔵であり、周囲には大名屋敷や旗本御家人の屋敷が並び、田舎から来た出稼ぎ人が奉公するような店はない。

麟太郎は、大名屋敷の下男や中間《ちゅうげん》に出稼ぎの者がいないか尋ね歩いた。だが、一帯の大名旗本の屋敷に出稼ぎ人は働いてはいなかった。

此迄だ……。

麟太郎は、本所竪川の南側に行く事に決めた。


竪川には、荷船の船頭の唄う歌が長閑《のどか》に響いていた。

麟太郎は、竪川に戻って一つ目之橋を渡り、御船蔵に向かった。

御船蔵は江戸幕府の艦船格納庫であり、大川沿いにあった。そして、御船蔵の東側には公儀の役所や旗本屋敷が並んでいた。

此処にも出稼ぎ人が働くような処はない……。

麟太郎は、御船蔵から萬徳山《まんとくざん》弥勒寺に行く事にした。


萬徳山弥勒寺は深川五間堀《ごけんぼり》の傍にあり、弥勒寺橋を南に渡ると北森下町《きたもりしたちょう》や北六間堀《きたろっけんぼり》町《ちょう》などがあった。

麟太郎は、弥勒寺の古い山門を潜った。

弥勒寺の境内は綺麗に掃除がされ、線香の香りが漂っていた。

麟太郎は、境内を一廻りして山門の前に戻り、茶店の縁台に腰掛けた。
「いらっしゃいませ……」
茶店の老亭主が麟太郎を迎えた。
麟太郎は茶を頼んだ。
「はい。ちょいとお待ちを……」
老亭主は奥に行った。
麟太郎は、山門前の二つ目之橋からの通りから続く弥勒寺橋を眺めた。
弥勒寺橋は五間堀に架かっており、行き交う者は少なかった。
何故、おつるは父親の佐平が本所にいると本当の事を云わなかったのか……。
麟太郎は、不意にそう思った。
何故だ……。
それは、佐平が麟太郎たち他人に知られてはならない事をしているからかもしれない。
他人に知られてはならない事……。
それが何かは分からないが、おつるは知っているのだ。

それ故、風邪が治りきっていないのに姿を消した。

おつるの父親の佐平は、只の出稼ぎ人ではないのかもしれない。

ならば何者だ……。

麟太郎は、弥勒寺橋の向こうの北森下町を眺めた。

「お待たせ致しました」

老亭主が茶を運んで来た。

「おう……」

麟太郎は、茶を受け取った。

「父っつあん、昨日、十三、四歳ぐらいの旅の娘が来なかったかな」

麟太郎は、老亭主に訊いた。

「十三、四歳ぐらいの旅の娘……」

老亭主は、白髪眉をひそめた。

「ああ。痩せて風呂敷包みを持っているんだが、昨日、来なかったかな」

麟太郎は、老亭主の返事に余り期待せず、茶を飲んだ。

「来たよ……」

老亭主は、事も無げに告げた。

「来た……」

麟太郎は、飲みかけていた茶を思わず噴き出し、咳《せ》き込《こ》んだ。

「どうした。お侍、大丈夫かい……」

老亭主は、咳き込む麟太郎を胡散臭《うさんくさ》そうに見た。

「だ、大丈夫だ。して来たんだな。十三、四歳ぐらいの旅の娘……」

麟太郎は念を押した。

「ああ。此処に来たよ」

「此処にな……」

麟太郎は、思わず辺りを見廻した。

「ああ……」

老亭主は、煩わしそうに頷いた。

「して、何しに……」

「何しにって。此処が本所の弥勒寺かって……」

「聞いて来たのか……」

「ああ。で、そうだと答えたら、佐平って人が御参りに来ている筈だが、知らないかってね……」

佐平の手紙には、本所の弥勒寺に御参りに行くと書いてあったのだ。

麟太郎は知った。

「それで……」

「佐平なんて人は知らないので、知らないと云ったら、がっかりした様子で何処かに行っちまったよ」

老亭主は、弥勒寺橋の向こうの北森下町を眺めた。

「そうか……」

おつるは、父親の佐平が弥勒寺界隈の何処かにいると見定めた筈だ。そして、おつるも此の界隈に潜み、父親佐平が弥勒寺に御参りに来るのを待っているのだ。

麟太郎は、周囲を見廻して茶を飲んだ。

茶は既に冷たくなっていた。


盗賊が押込んだ夜、仏具屋『秀峰堂』にいた住込みの奉公人は、三番番頭と四人の手代、三人の小僧、三人の下男、そして女中が五人だった。

一番と二番番頭は、『秀峰堂』が用意した家に家族と暮らし、店に通って来ていた。

連雀町の辰五郎と亀吉は、盗賊一味とは思えない三番番頭と三人の小僧、五人の女中を除外し、四人の手代と三人の下男を調べた。

亀吉は、三人いる下男の一人、喜助《きすけ》が出稼ぎ人だと知った。

「出稼ぎの喜助ですか……」

亀吉は眉をひそめた。

「ああ。毎年、暮れの忙しい時期に常陸《ひたち》の土浦《つちうら》から出稼ぎに来ているそうだが、喜助がどうかしたのか……」

辰五郎は、亀吉に怪訝な眼を向けた。

「親分、秀峰堂に押込んだ盗賊、都鳥一味じゃありませんかね」

亀吉は読んだ。

「都鳥一味……」

「ええ。冬場にだけ現れる盗賊の都鳥一味の仕業。違いますかね……」

「此《こ》の前、現れたのは、確か浜町堀の米問屋で、やっぱり冬だったな……」

辰五郎は眉をひそめた。

「はい。そして、今度の秀峰堂です」

亀吉は頷いた。

「じゃあ何か、亀吉は盗賊都鳥一味と出稼ぎの喜助が拘《かかわ》りがあるかもしれないと、思っているのか……」

「ええ。都鳥と出稼ぎ者、どっちも冬に江戸に来る。拘りないですかね」

亀吉は睨んだ。

「どっちも冬に江戸に来るか……」

「はい……」

「よし、亀吉、出稼ぎの下男の喜助を詳しく調べてみるんだな」

辰五郎は命じた。

「はい……」

亀吉は、意気込んで頷いた、

連雀町の居酒屋は軒行燈を灯し、古い暖簾を微風に揺らしていた。

店内は雑多な客で賑わい、笑い声と酒の匂いに満ちていた。

「へえ。で、おつる、本所にいましたか……」

亀吉は、麟太郎の話を聞き終えた。

「ええ。未だ姿は見ちゃあいないけど、弥勒寺の界隈にいるようです」

麟太郎は、手酌で酒を飲んで本所を歩き廻った疲れを癒した。

「そうですか……」

「ええ……」

麟太郎は頷いた。

「処で麟太郎さん、昨夜、駒形町の仏具屋に盗賊が押込みましてね」

亀吉は声を潜めた。

「えっ……」

「店の者に気付かれる事もなく忍び込み、金蔵を合鍵で破り、二百両の金を奪って消えましたぜ」

「まさか……」

麟太郎は、思わず身を乗り出した。

「ええ。浜町堀の米問屋と同じですよ」

亀吉は、麟太郎の胸の内を読んだ。

「じゃあ、ひょっとしたら都鳥一味の仕業ですか……」

麟太郎は睨んだ。

「おそらく……」

亀吉は、小さな笑みを浮かべて頷いた。

「証拠、何かあるんですか……」

「ええ。面白い事に仏具屋にいる三人の下男の一人、喜助って云うんですが、常陸国は土浦から冬になると出稼ぎに来ている奴なんですぜ」

「出稼ぎ……」

麟太郎は眉をひそめた。

「ええ。米問屋にはおつるの父親の佐平。仏具屋には喜助。どっちも冬場の押込みで、出稼ぎ人の下男がいた」

亀吉は読んだ。

「成《な》る程《ほど》。して、喜助ってのは……」

「ちょいと聞き込んだのですがね、無口な働き者で店の者たちの評判は良く、毎年十一月から三月迄、仏具屋秀峰堂に出稼ぎに来ているそうですぜ」

亀吉は、手酌で酒を飲んだ。

「そして、盗賊仲間の手引きをする……」

麟太郎は、盗賊一味での役割を推し測った。

「おそらく……」

亀吉は頷いた。

「ならば、おつるの父親の佐平も……」

麟太郎は、厳しさを滲《にじ》ませた。

「確かな証拠は、未だ何一つありませんよ」

亀吉は笑った。

「ええ……」

おつるの父親の佐平がしている他人に知られてならない事は、おそらく盗賊の一味だと云う裏の顔なのだ。

麟太郎は気が付いた。

だが、亀吉が云うように確かな証拠は何もないのだ。

「もし、出稼ぎ人の喜助が、盗賊の都鳥一味なら何人かの仲間がいる筈です。あっしはそいつを捜してみますよ」

「分かりました。私は此のままおつると佐平を捜してみます」

麟太郎と亀吉は酒を飲んだ。

居酒屋は賑わった。

萬徳山弥勒寺の境内には、僧侶たちが読む経が朗々《ろうろう》と響いていた。

門前の茶店は、老亭主が湯を沸かして開店の仕度をしていた。

向い側には対馬藩《つしまはん》江戸中屋敷があり、裏に続く土塀には天水桶《てんすいおけ》が置かれていた。

麟太郎は、その天水桶の陰から弥勒寺の山門と茶店を見張った。

弥勒寺には、仕事で行き来する者たちが参拝に立ち寄っていた。

麟太郎は、おつると父親の佐平らしき男が現れるのを待った。

僅かな刻が過ぎた。

風呂敷包みを背負った小柄な女が、五間堀に架かっている弥勒寺橋を渡って来た。

麟太郎は眼を凝らした。

小柄な女は、おつるだった。

おつる……。

麟太郎は、おつるの様子を窺った。

足取りはしっかりしており、苦しそうな様子は窺えなかった。

風邪は治ったようだ……。

麟太郎は、微かな安堵を浮かべた。

おつるは、茶店の前を通って弥勒寺の境内に入って行った。

僧侶たちの経は終わっていた。

おつるは、風呂敷包みを下ろして本堂に手を合わせた。そして、参拝に訪れる者たちを見廻した。

参拝に訪れる者たちに佐平はいないらしく、おつるは肩を落として山門から出て来た。そして、茶店の横の柳の木の傍にしゃがみ込んだ。

父親の佐平はいなかった。

だが、此から参拝に来るかもしれない……。

おつるは、茶店の傍で父親佐平の現れるのを待つ事にした。


父親の佐平が来るのを待つ気だ……。

麟太郎は、茶店の横の柳の木の傍にしゃがみ込んだおつるを見詰めた。

おつるは、弥勒寺門前を行き交う人々を不安げに眺めていた。

父親の佐平は、弥勒寺界隈の何処かで暮らしているのか……。

それとも、弥勒寺は仕事で行き来する道筋にあるのか……。

いずれにしろ、おつるは父親佐平が現れるのを待っているのだ。

麟太郎は、暫《しばら》く見守る事にした。

駒形町の仏具屋『秀峰堂』には、仏壇や仏具を買いに来た客が出入りしていた。

番頭や手代たちは忙しく客の相手をし、小僧や喜助たち下男は手伝ったりしていた。

亀吉は、喜助を見張った。

喜助は、番頭や手代に云われて小僧と蔵から仏具を出したり、仕舞ったりしていた。

無口な働き者……。

亀吉は、喜助が評判通りの出稼ぎ者だと知った。

盗賊の押込みがあった夜、仏具屋『秀峰堂』にいた奉公人たちに怪しい者はいなかった。

喜助も厠《かわや》に立った以外、下男部屋で朋輩《ほうばい》と寝ており、特に不審な処はなかった。しかし、大戸の潜り戸を開けて仲間の盗賊の手引きをするだけなら、厠に行った序《つい》でに出来る事なのだ。

亀吉は、喜助を辛抱強く見張った。

半刻《はんとき》（約一時間）が過ぎた。

仏具屋『秀峰堂』から、二番番頭と荷物を背負った喜助が出て来た。
二番番頭と喜助は、蔵前《くらまえ》の通りを横切って三間町《さんげんちょう》に進んだ。
よし……。
亀吉は追った。

二番番頭と喜助は、三間町から東本願寺《ひがしほんがんじ》の門前に抜けて尚《なお》も進んだ。
亀吉は尾行《つけ》た。
二番番頭と喜助は、新堀川《しんぼりがわ》を越えて新寺町《しんてらまち》に進んで古い寺の山門を潜った。
亀吉は、古い寺の山門に走った。
二番番頭と喜助は、古い寺の庫裏《くり》に入った。
古い寺に注文された仏具などの品物を届けに来たのだ。
亀吉は読んだ。
僅かな刻が過ぎた。
古い寺の庫裏から、二番番頭と荷物を下ろした喜助が出て来た。
どうした……。
亀吉は、戸惑いを浮かべた。

「御苦労でしたね、喜助。私はちょいと御住職さまのお相手をしていきます。お前も何処かで団子でも食べてゆっくりして行きなさい」

二番番頭は、喜助に小粒を握らせた。

「はい。ありがとうございます。では……」

喜助は、古寺から出て行った。

二番番頭は庫裏に戻った。

亀吉は、喜助を追った。

弥勒寺門前の通りは、本所竪川と深川小名木川《おなぎがわ》を繋《つな》いでおり、様々な人が行き交った。

弥勒寺門前の茶店の傍にいたおつるが、弥勒寺橋の方を見詰めて立ち上がった。

どうした……。

麟太郎は、おつるの視線を追った。

二人の人足が空《から》の大八車《だいはちぐるま》を引き、弥勒寺橋を渡って来た。

まさか……。

麟太郎は、おつるを見た。

おつるは、緊張した面持ちで大八車を引いて来る二人の人足を見詰めていた。

二人の人足は、大八車を引いて弥勒寺の前を通り過ぎ、竪川に架かっている二つ目之橋に向かった。

おつるは、急いで風呂敷包みを背負って大八車を引く二人の人足を追った。

父親の佐平か……。

麟太郎は追った。

本所竪川には西から一つ目之橋、二つ目之橋、三つ目之橋、新辻橋《しんつじばし》、四つ目之橋が架かっており、五つ目は渡しになっている。

二人の人足は、空の大八車を引いて二つ目之橋を渡り、相生町《あいおいちょう》五丁目を北に真っ直ぐに進んだ。

おつるは追った。

そして、麟太郎が続いた。

北には本所割下水の組屋敷が続き、北本所の町と寺が入り組み、中之郷瓦町《なかのごうかわらちょう》がある。そして、横川《よこかわ》から続く源森川《げんもりがわ》があった。

源森川の北には、水戸《みと》藩《はん》江戸下屋敷があって向島になる。

おつるは、空の大八車を引いて行く二人の人足を追った。

行く手には瓦を焼く竈の煙りが昇り、何軒もの瓦屋があった。

中之郷瓦町だ。

二人の人足は、中之郷瓦町に入った。そして、一軒の瓦屋『遠州屋《えんしゆうや》』の作業場で空の大八車を止め、奥に入って行った。

おつるは、物陰から見送った。

二人の人足は、瓦屋『遠州屋』が注文を受けた瓦を普請場《ふしんば》に運ぶのが仕事のようだ。

麟太郎は見定めた。

二人の人足のどちらかが、おそらくおつるの父親佐平なのだ。

おつるは、緊張した面持ちで瓦屋『遠州屋』を見詰めていた。

おつるはどうするのか……。

麟太郎は、おつるを見守った。

四

不忍池《しのばずのいけ》には中の島があり、不忍弁財天《べんざいてん》が祀《まつ》られて多くの参拝客が往き来《ゆき》していた。

仏具屋『秀峰堂』の出稼ぎの下男の喜助は、新寺町の古寺から東叡山寛永寺《とうえいざんかんえいじ》の門前を通って不忍池東岸の仁王門前町《におうもんぜんちょう》に来た。

亀吉は、喜助を尾行てその動きを見守った。

喜助は、仁王門前町から弁財天を祀る中の島に続く道の前を通り、谷中《やなか》に向かった。

谷中に行くのか……。

亀吉は追った。

喜助は、不忍池の畔《ほとり》にある古い茶店の前に立ち止まった。

亀吉は、咄嗟《とっさ》に木陰に隠れた。

喜助は振り返り、背後に不審な者がいないと見定めて古い茶店に入った。

亀吉は見届けた。そして、古い茶店に横手から忍び寄り、店内の様子を窺った。

茶店には、喜助の他に客はいなかった。

「おまちどお……」

茶店の老店主は、縁台に腰掛けている喜助に茶を持って来た。

「こいつは畏《おそ》れ入《い》ります」

喜助は礼を述べた。

茶店の老店主に対する客の態度ではない……。

亀吉は眉をひそめた。

「仏具屋の取り分は預かっているよ」

老店主は告げた。

「へい。御造作を掛けます」

喜助と老店主は、静かに言葉を交わし始めた。

「今の処、次の仕事は決まっちゃあいない」

老店主は、上野の山を眺めながら告げた。

「そうですか……」

喜助は茶を啜った。

「で、いつ帰るんだい」

「都鳥が北の空に飛び立つ頃には……」

「そうかい。北の国は未だ未だ寒いんだろうな……」

老店主は、北の空を眺めた。

「ええ……」

「帰る前にあると思っていな」

老店主は告げた。

「はい……」

喜助は、喉を鳴らして頷いた。

仕事とは押込みの事だ……。

亀吉は読んだ。

やはり、喜助は盗賊都鳥の一味であり、茶店の老店主が纏《まと》め役《やく》の頭なのかもしれない。そして、盗賊都鳥の一味には、おつるの父親の佐平もいるのだ。

亀吉は睨んだ。

僅かな刻が過ぎた。

喜助は、茶店の老店主に頭を下げて立ち去って行った。

おそらく、駒形町の仏具屋『秀峰堂』に帰るのだ。

亀吉は読んだ。

老店主は、立ち去って行く喜助を見送って古い茶店の奥に入って行った。

亀吉は、緊張を解いて吐息を洩らした。

古い茶店の老店主……。

亀吉は、狙いを定めた。


中之郷瓦町の瓦屋『遠州屋』の作業場には、出来上がった様々な瓦が積まれた。

瓦焼きの職人と人足たちは、焼き上がった瓦を窯場《かまば》から作業場に運んでいた。

人足たちの中には、空の大八車を引いて帰って来た二人もいた。

おつるは、哀しげな面持ちで物陰から見守っていた。

麟太郎は、そんなおつるを見張った。

おつるは、父親佐平が出稼ぎ働きの裏で盗賊一味に入っているのを知っており、下《へ》手《た》に声を掛けられないでいる。

下手に声を掛けて、周りの者に父親佐平が盗賊だと気が付かれてはならない。

おつるは、父親佐平に声を掛けたい思いを懸命に押さえているのだ。

麟太郎は、おつるの哀しい気持ちを読んだ。

陽は西に大きく傾き、雲を赤く染め始めた。

不忍池の畔の古い茶店の老店主は彦六《ひころく》と云い、茶店を五年前に居抜きで買い取っていた。

亀吉は、彦六の素性を洗った。しかし、出羽国《でわのくに》の出だと云う事ぐらいしか分からなかった。

素性ははっきりしない……。

亀吉は、訪れた客の相手をしている彦六を眺めた。

彦六は、皺深《しわぶか》い顔に穏やかな笑みを浮かべて客の相手をしていた。

中之郷瓦町の瓦屋『遠州屋』は、店と作業場の大戸を閉めた。

通いの職人や人足たちは家に帰り、住込みの者たちは作業場の裏にある長屋に入った。

瓦屋の一日は終わった。

おつるは、大戸の閉められた作業場を見詰めた。

住込みの職人や人足たちは、長屋に入ったまま出て来る気配はなかった。

おつるは、僅かに肩を落とし、重い足取りで瓦屋『遠州屋』の前を離れた。

何処に行く……。

麟太郎は追った。


北本所には寺が多い。

おつるは、瓦屋『遠州屋』に近い寺の山門を潜った。

麟太郎は尾行た。


寺の境内や本堂は暗く、庫裏の腰高障子に明かりが映えていた。

おつるは、寺の納屋《なや》に忍び込んだ。

今夜の塒《ねぐら》か……。

麟太郎は見定めた。


連雀町の居酒屋は賑わっていた。

「して、仏具屋秀峰堂の出稼ぎの下男……」

「喜助です……」

「その喜助、どうしました」

麟太郎は、亀吉に訊いた。

「不忍池の弁財天に行く道を過ぎた処にある古い茶店に行きましてね」

「古い茶店……」

麟太郎は、亀吉に酌をした。

「こいつはどうも。店主は彦六って年寄りでしてね。どうやら此奴《こいつ》が盗賊の都鳥一味を束ねているようですよ」

亀吉は、笑みを浮べて酒を飲んだ。

「じゃあ今の処、都鳥一味の盗っ人は茶店の主の彦六と仏具屋秀峰堂の出稼ぎ下男の喜助、そして、おつるの父親佐平の三人ですか……」

麟太郎は読み、酒を飲んだ。

「ええ。盗賊都鳥の一味は、四、五人と思われるので、残るは一人か二人……」

亀吉は読んだ。

「して、梶原の旦那の出方は……」

麟太郎は眉をひそめた。

「そいつなんですが、残る一人か二人を見定めるには、どれだけ手間暇が掛かるか分からなく、出稼ぎを終えて故郷《くに》に帰ってしまうかも知れない。ですから……」

「茶店の店主の彦六と仏具屋の下男の喜助を押さえますか……」

「ええ。明日の朝……」

亀吉は、厳しい面持ちで頷いた。

梶原は、彦六と喜助を捕らえて厳しく責め、残る一味の者共が何処の誰か吐かせるつもりなのだ。

麟太郎は知った。

「で、麟太郎さん。おつる、父親の佐平を見付けたんですか……」

亀吉は、麟太郎に酌をした。

「ええ。らしい男をね……」

「らしい男……」

亀吉は、戸惑いを浮かべた。

「ええ。おつる、弥勒寺の前で大八車を引いている人足を見掛けましてね」

「人足ですか……」

「ええ。おつる、追い掛けましてね。で、北本所は中之郷瓦町の瓦屋の遠州屋に行きましたよ」

「中之郷瓦町の遠州屋……」

「ええ……」

「じゃあ、その遠州屋の人足が父親の佐平ですか……」

「きっと。で、そこで働く人足を見張り、今夜は動かないと見定め、近くの寺の納屋に潜り込みましたよ」

麟太郎は苦笑した。

「おつる、どうして父親の佐平らしい人足に声を掛けないんですか……」

亀吉は眉をひそめた。

「おつるは、父親佐平の裏の顔を知っているんですよ。だから……」

「下手に声は掛けませんか……」

「違いますかね……」

「いえ。おそらく麟太郎さんの睨み通りでしょう」

「亀さんもそう思いますか……」

「ええ。麟太郎さんの家を出たのも、父親の事に巻き込んじゃあいけねえと思っての事かもしれませんぜ」

亀吉は読んだ。

「そうかな……」

麟太郎は苦笑した。

「で、どうします」

「えっ……」

「梶原の旦那は、明日、彦六と喜助をお縄にして、厳しく責めて都鳥一味の事を吐かせます。そして、佐平の事が割れると……」

亀吉は、手酌で酒を飲んだ。

「おつるの眼の前で佐平を捕らえる事になりますか……」

「ええ。昔、子供の眼の前で父親をお縄にした事がありましてね。子供が泣きながら何処迄も追い掛けて来て……。出来るものなら自訴《じそ》して貰いたいものですよ」

亀吉は、吐息を洩らした。

「自訴ですか……」

「ええ。そうすれば、お上《かみ》にも情けはあるってもんですぜ」

「情けねえ……」

麟太郎は、手酌で酒を飲んだ。

居酒屋の賑わいは続いた。

不忍池に朝霧が漂った。

古い茶店の雨戸は、内側から音を立てて開けられた。

店主の彦六は、雨戸を開け終わって凍《い》て付《つ》いた。

店の前には、梶原八兵衛が連雀町の辰五郎と亀吉、捕り方たちを従えていた。

盗賊の正体が露見し、役人の手が廻った。

彦六は、素早く事態を読んだ。

「彦六、お前、盗賊の都鳥だな」

梶原は、彦六に笑い掛けた。

彦六は、皺深い顔を歪めて後退《あとずさ》りした。

「神妙にしな」

梶原は、彦六に向かって踏み出した。

刹那、彦六は身を翻《ひるがえ》して茶店の奥に駆け込んだ。

「待て……」

梶原、辰五郎、亀吉は追って茶店に駆け込んだ。

彦六は、茶店の奥にある茶汲場《ちゃくみば》に走り込んだ。

茶汲場には、茶釜を掛けた竈や湯呑茶碗を仕舞った戸棚があった。

彦六は、戸棚から匕首《あいくち》を出して抜き放った。

「彦六、刃向《はむか》えば命はない……」

梶原は、彦六を見据えた。

「神妙にしても助からない命。違いますかい……」

彦六は、皺深い顔を歪めて笑い、匕首を己の胸に向けた。

「止《や》めろ、彦六……」

梶原は、彦六に飛び掛かった。

刹那、彦六は己の胸に匕首を突き刺した。

「彦六……」

梶原は、彦六の胸から匕首を抜こうとした。

彦六は抗《あらが》い、尚も匕首を己の胸に突き刺して喉を鳴らして倒れた。

「彦六……」

梶原、辰五郎、亀吉は、倒れた彦六の様子を窺った。

彦六は息絶えていた。

盗賊都鳥の彦六は、捕らえられるのを嫌って自害して果てた。

「おのれ。連雀町の、亀吉。駒形町の仏具屋秀峰堂に走り、下男の喜助をお縄にしろ」

「承知しました」

辰五郎と亀吉は、浅草駒形町に急いだ。

「よし。茶店を検《あらた》めるぞ」

梶原は、捕り方たちに命じた。

浅草駒形町の仏具屋『秀峰堂』は大戸を開け、小僧や喜助たち下男が店の表の掃除をしていた。

「やあ。喜助……」

連雀町の辰五郎がやって来た。

喜助は、辰五郎に怪訝な眼を向けた。

背後に亀吉が現れた。

喜助は、事態に気が付いて青ざめ、恐怖に激しく震え出した。

「大番屋に来て貰うよ……」

辰五郎は云い聞かせた。

「は、はい……」

喜助は、嗄《しやが》れ声《ごえ》を震わせて頷いた。

大番屋の詮《せん》議《ぎ》場《ば》は冷え切っていた。

辰五郎と牢番は、喜助を筵《むしろ》の上に引き据えた。

梶原八兵衛は、座敷の框に腰掛けていた。

喜助は震えていた。

「喜助、彦六は死んだよ」

梶原は、静かに告げた。

「えっ……」

喜助は驚いた。

「自害して果てた……」

「彦六さんが自害して死んだ……」

喜助は、呆然と呟いた。

「ああ。此奴を残してな」

梶原は、小判を入れた革袋を見せた。

小判の入った革袋には、『土浦の喜助』と書いた紙が貼ってあった。

「お前の分け前だな」

「きっと……」

「他に藤沢の佐平、二本松《にほんまつ》の梅吉《うめきち》……」

梶原は、名札の貼られた他の革袋も見せた。

「彦六はお前たち出稼ぎ者を集め、奉公先の店に手引きさせて押込む盗賊都鳥だな」

「はい……」

喜助は項垂れた。

「やはりな。して、彦六の素性と何故に盗賊になったか知っているか……」

「彦六さんも昔、出羽から出て来た出稼ぎ者だったそうです。そして、騙《だま》されたり、稼いだ金を巻き上げられたりして、漸く五両の金を貯め、おかみさんや子供の待つ陸奥に帰ったそうです。そうしたら……」

「そうしたら……」

梶原は話を促した。

「おかみさんと子供は、飢え死にしていたそうです」

「飢え死に……」

梶原は眉をひそめた。

「はい。神も仏もねえ。彦六さんはそれから盗っ人になったと聞いています」

喜助は語った。

「そうか……」

梶原は頷いた。

「処で喜助、都鳥一味には彦六とお前の他に佐平と梅吉がいる筈だが、何処にいるんだ」

辰五郎は訊いた。

「知りません……」

「知らないだと……」

「はい。彦六さんは、万が一足が付いた時の為に自分の名前や素性は一切話すなと。ですから、お互いの名前や素性は……」

「分からないか……」

梶原は眉をひそめた。

「はい……」

喜助は頷いた。

北本所、中之郷瓦町の瓦屋『遠州屋』の竈から煙が立ち昇り始めた。

人足たちは作業場の大戸を開け、大八車に様々な瓦を積み込み始めた。

此から普請場に瓦を届けるのだ。

人足たちの中には、昨日空の大八車を引いて来た二人もいた。

おつるは、物陰から見守っていた。

麟太郎は見張った。

「麟太郎さん……」

亀吉がやって来た。

「やあ。亀さん……」

「彦六、追い詰められて自害しましたよ」

亀吉は、物陰にいるおつるを一瞥《いちべつ》しながら告げた。

「彦六が自害……」

「ええ。で、喜助を捕らえ、今、梶原の旦那と親分が大番屋で責めていますよ」

「そうですか……」

「で、梶原の旦那が藤沢の佐平を捕らえろと。どの人足が佐平ですか……」

亀吉は、大八車に瓦を積んでいる人足たちを見た。

「そいつが未だ……」

「分かりませんか……」

「はい……」

「じゃあ、遠州屋の者に訊くしかないか……」

「待ってくれ、亀さん。佐平に自訴させる」

「自訴……」

亀吉は眉をひそめた。

「ええ。おつるに云って父親の佐平に自訴させる。だから、待ってくれ」

「麟太郎さん……」

「頼む……」

麟太郎は、亀吉に頭を下げた。

「分かりました」

亀吉は頷いた。

麟太郎は、おつるの許に向かった。

亀吉は見守った。

おつるは、無精髭《ぶしょうひげ》を伸ばした痩せた人足を見詰めていた。

無精髭を伸ばした痩せた人足は、大八車に瓦を積んでいた。

おつるは、物陰から見守った。

「お父っつあんの佐平はどの人だ」

おつるは、麟太郎の声に驚き、振り向いた。

「麟太郎さん……」

「おつる。役人が盗賊の都鳥を捕らえたよ」

「えっ……」

「佐平さんも盗賊都鳥の一味なんだろう」

「り、麟太郎さん……」

おつるは狼狽《うろた》えた。

「おつる、佐平さんに自訴させるのだ」

「自訴……」

「ああ。町奉行所に自訴すれば、少しは罪が軽くなる筈だ」

「で、でも……」

おつるは困惑した。

「おつる……」

「り、麟太郎さん、此処にお父っつあんの佐平はいません。佐平はいないのです」

おつるは、瓦屋『遠州屋』の見える物陰から離れようとした。

「何処に行く、おつる……」

麟太郎は、おつるの腕を摑《つか》んだ。

「放して下さい。此処にお父っつあんはいないんです。放して下さい」

おつるは抗った。

「おつる、今、お父っつあんの佐平に逢わなければ、もう生涯逢えなくなるかもしれないんだぞ」

麟太郎は、おつるに懸命に云い聞かせた。

「もう生涯逢えない……」

おつるは、抗うのを止めた。

「ああ。佐平が自訴せず捕らえられれば、もう二度と逢う事は出来なくなる」

「そんな……」

おつるは、呆然とした面持ちで物陰から瓦屋『遠州屋』の前に出た。

麟太郎は追った。

おつるは、瓦屋『遠州屋』の作業場で働いている無精髭の痩せた人足を見詰めた。

無精髭の痩せた人足は、労を惜しまずに働いていた。

おつるは、顔を泣き出しそうに歪め、無精髭の痩せた人足を見詰め続けた。

麟太郎は、おつるの背後に立った。

亀吉が、麟太郎に並んで見守った。

無精髭の痩せた人足は、見詰める視線を感じたのかおつるを見た。

おつるは、泣き出しそうな顔を横に振った。

無精髭の痩せた人足は、おつるに気が付いて思わず顔を綻《ほころ》ばせた。そして、麟太郎と亀吉が背後にいるのに緊張した。

おつるは、何も云わずに身を翻した。

「おつる……」

無精髭の痩せた人足は呼んだ。

おつるは立ち止まった。

「おつるだろう……」

無精髭の痩せた人足は、おつるに近付いた。

「お、お父っつあん……」

おつるは振り返り、無精髭の痩せた人足に縋《すが》り付《つ》いた。

「おつる……」

無精髭の痩せた人足は、おつるを抱き止めた。

「お父っつあん……」

おつるは泣き出した。

無精髭の痩せた人足に縋り付いて泣いた。

「藤沢の佐平さんだね……」

麟太郎は問い質した。

「は、はい……」

無精髭の痩せた人足は、おつるの父親の佐平に間違いなかった。

「盗賊都鳥の彦六は自害したよ」

亀吉は教えた。

「彦六さんが……」

佐平は狼狽えた。

「ああ。一緒に来て貰うよ」

「はい……」

佐平は頷いた。

「お父っつあん……」

「おつる、藤沢で何かあったのか……」

「ううん……」

おつるは言葉を濁した。

「佐平、おつるはおっ母さんが病で倒れたので報せに来たんだ」

麟太郎は告げた。

「おっ母あが病。すまねえ……」

佐平は、哀しげに項垂れた。

「さあ、行こう……」

亀吉は、佐平に縄を打たずに促した。

「亀さん……」

麟太郎は、戸惑いを浮かべた。

「佐平は娘のおつると麟太郎さんに付き添われて自訴する。そうなんだろう」

亀吉は苦笑した。

「ありがたい……」

麟太郎は微笑んだ。


「どうした……」

根岸肥前守《ひぜんのかみ》は下城して着替え、南町奉行所内の役宅の居間に座った。

内与力《うちよりき》の正木平九郎が待っていた。

「はい。盗賊都鳥の一件ですが……」

平九郎は切り出した。

「うむ。確か一味の一人は捕らえ、一人は自訴して来たが、残る一人が未だだったな」

「はい。何分にも束ね役の都鳥の彦六が死んだので、何もかもがはっきりしないのです」

「そうか。して、どうしたいのだ……」

肥前守は、平九郎を促した。

「はい。自訴して来た一味の者、藤沢から来た出稼ぎの佐平ですが……」

平九郎は、佐平の事と娘のおつると麟太郎の拘りを詳しく話した。

「そうか、盗賊都鳥の一件、麟太郎が絡んでいたのか……」

肥前守は苦笑した。

「はい。梶原の話では、麟太郎さん、佐平は神妙に自訴したので罪を減じてやってくれないかと云っているそうです」

「平九郎、して梶原は何と申しているのだ」

「はい。都鳥の一味は犯さず殺さず傷付けず、静かに押込んでは二百両の金を奪い取って行く盗賊で、束ね役の彦六が死んだ限り、佐平や喜助が知っている事は殆どなく……」

「つまり、出稼ぎの椋鳥が都鳥に使われていただけか……」

「はい。佐平も喜助も出稼ぎ先の店では、真面目に労を惜しまぬ働き者だと、評判も良く、梶原は罪を減じてやっても良いのではないかと申しております」

平九郎は告げた。

「ならば平九郎、その方は……」

「私も罪を減じても良いかと……」

「そうか。ならば佐平と喜助なる者共、江戸十里四方追放の刑に処すがよい」

肥前守は命じた。

「心得ました。では……」

平九郎は、肥前守に一礼して居間から退出して行った。

「椋鳥と都鳥。それに麟太郎か……」

肥前守は微笑んだ。


おつるは、江戸十里四方追放の刑に処せられた父親佐平と相模国藤沢に帰る事になった。

麟太郎は、瓦屋『遠州屋』に出向き、佐平の荷物と給金の一両を貰って来た。

「ありがとうございます……」

佐平は、麟太郎に深々と頭を下げて礼を述べた。

「金は二両しかないが、佐平が真っ当に人足働きして稼いだ金だ。誰憚《だれはばか》ることなく持って行くんだな」

麟太郎は、紙に包んだ二枚の小判を佐平に渡した。

「はい。御造作をお掛けしました」

「麟太郎さん、ありがとうございました」

おつるは、麟太郎に深々と頭を下げた。

「おつる。おっ母さんの病、早く良くなるといいな……」

「はい……」

おつるは笑顔で頷き、佐平と共に相模国藤沢に旅立った。

麟太郎は、日本橋で見送った。

佐平は再び江戸に入る事は出来ず、おつるも来る事はないだろう。

麟太郎は、二度と逢う事もない佐平とおつる父娘を見送った。

「おつるちゃんとお父っつあん、藤沢に帰りましたか……」

お蔦がやって来た。

「ああ。仲良く帰ったよ」

麟太郎は、笑顔で喜んだ。

「麟太郎さん、喜ぶのは私の貸した一両を返してからにして下さいな」

お蔦は、喜ぶ麟太郎を厳しく一瞥した。

「う、うん。分かっている……」

麟太郎は、佐平に渡した二両の内の一両をお蔦に借りたのを思い出した。

椋鳥は故郷に帰った……。

第四話　娘白浪《むすめしらなみ》

一

桜の花片《はなびら》は風に吹かれて閻魔堂《えんまどう》に舞った。
閻魔長屋から出て来た麟太郎は、閻魔堂に手を合わせて浜町堀《はまちょうぼり》に向かった。
浜町堀には桜の花片が散っていた。
麟太郎は、舞い散る桜の花片を眺めながら通油町《とおりあぶらちょう》の地本《じほん》問屋『蔦屋《つたや》』に向かった。
擦れ違う人々も舞い散る桜の花片を楽しみ、その足取りを軽く弾ませていた。
春だ……。
麟太郎は、思わず頬を緩めた。

地本問屋『蔦屋』には客が出入りしていた。

「邪魔するよ」

麟太郎は、地本問屋『蔦屋』の暖簾《のれん》を潜《くぐ》った。

「こりゃあ閻魔堂の赤鬼《あかおに》先生、おいでなさいまし。友吉《ともきち》、お茶を、赤鬼先生に上等なお茶をお出ししなさい」

番頭の幸兵衛は、小僧の友吉に言い付けた。

「はい……」

友吉は、返事をして奥に入って行った。

「さあさあ、どうぞお掛け下さい」

幸兵衛は、帳場の前の框《かまち》を示した。

「う、うん……」

妙だ……。

麟太郎は、幸兵衛のいつもと違う態度に戸惑った。

「番頭さん、何かあったのか……」

麟太郎は、秘《ひそ》かに身構えて尋ねた。

「そりゃあもう。閻魔堂赤鬼先生の新作絵草紙の娘白浪情《むすめしらなみなさ》けの仇討譚《あだうちたん》、珍しく馬鹿売れでしてね。売り切れて刷り増しですよ」

幸兵衛は、喜びと困惑の混じった顔をした。

「馬鹿売れで刷り増し……」

麟太郎は眼を丸くした。

「ええ。こんな事もあるんですねえ」

幸兵衛は感心した。

「赤鬼先生、どうぞ……」

茶の香りが漂った。

小僧の友吉は、麟太郎にいつもと違う湯呑茶碗に注いだいつもより濃い茶を差し出した。

「忝《かたじけな》い……」

「粗茶にございますが、どうぞ……」

幸兵衛は、茶を勧めた。

「戴《いただ》く……」

麟太郎は茶を飲んだ。

「美味《うま》い……」

茶は、味も香りもいつもの物とは違って高級だった。

「それはもう。名のある先生か、売れっ子の先生にしかお出ししない高値の茶でございまして……」

幸兵衛は、笑顔で差別している事を告げた。

「そうか……」

麟太郎は、高値の茶が急に不味《まず》く感じた。

「処《ところ》で二代目はいるかな……」

「それが、お出掛けになられているんですよ」

幸兵衛は、申し訳なさそうに告げた。

「そうか。ならば出直して来るか……」

麟太郎は、いつもとは違う湯呑茶碗を置いた。

絵草紙の刷り増しは嬉しいが、番頭の幸兵衛の差別は腹立たしい……。

麟太郎は、地本問屋『蔦屋』を後にして浜町堀沿いの道に出た。

さあて、どうする……。

閻魔長屋に戻って出直すか、何処《どこ》かで刻《とき》を潰すか……。

麟太郎は迷い、浜町堀に架かる緑橋《みどりばし》の袂《たもと》に佇《たたず》んだ。

「卒爾《そつじ》ながら少々尋ねるが……」

緑橋を渡って来た若い武士が、麟太郎に声を掛けて来た。

「何ですか……」

「浜町堀界隈に閻魔堂があると聞いて来たのだが、何処か御存知ですかな……」

若い武士は尋ねた。

「ああ。閻魔堂なら此の先の元浜町の裏通りにあるが……」

麟太郎は、元浜町を示した。

「此の先の元浜町の裏通りですか……」

若い武士は、麟太郎の視線を追った。

「閻魔堂がどうかしましたか……」

「いえ。御造作をお掛け致した。御免……」

若い武士は、厳しい面持ちで元浜町に向かった。

何だ……。

麟太郎は、若い武士が厳しい面持ちになったのが気になった。

若い武士は、足早に浜町堀沿いを元浜町に向かっていた。

閻魔堂に何しに行くのだ。
只の参拝か、それとも見物か……。
何《いず》れにしろ閻魔堂は何の変哲もない、町方の地にある良くあるものに変わりはない。
そこに何しに……。
麟太郎は、若い武士を追った。
閻魔堂に参拝する者はいなく、僅《わず》かな桜の花片が微風に吹かれていた。
若い武士は、閻魔堂の前に佇んで手を合わせた。
麟太郎は、物陰から見守った。
只の参拝か……。
麟太郎がそう思った時、若い武士は隣りの閻魔長屋に向き直った。
左官職人の女房おはまが、子供の手を引いて長屋から出て来た。
「少々尋ねるが……」
若い武士は、おはまを呼び止めた。
「えっ。何ですか……」

おはまは眉をひそめた。

「此《こ》の長屋に閻魔堂赤鬼と申す者が住んでいる筈《はず》だが、知っているかな」

「さあ。知りませんね……」

おはまは、若い武士を胡散臭《うさんくさ》そうに一瞥《いちべつ》し、子供の手を引いてそそくさと閻魔長屋から出て行った。

若い武士は、長屋の家々を鋭い眼差しで見廻した。

長屋は静まり返り、人が出て来る気配は窺《うかが》えなかった。

若い武士は踵《きびす》を返し、閻魔長屋から出て行った。

麟太郎は尾行《つけ》た。


浜町堀には桜の花片が舞っていた。

若い武士は、浜町堀沿いの道に出て千鳥橋《ちどりばし》の袂に佇んだ。そして、浜町堀を緩やかに流れる桜の花片を見詰めた。

麟太郎は見張った。

若い武士は、閻魔堂に来たかったのではなく、隣りの閻魔長屋に住んでいる戯作者《げさくしゃ》閻魔堂赤鬼を捜しに来たのだ。

若い武士は何者なのだ……。

麟太郎は、若い武士の顔に見覚えがなかった。

そして、閻魔堂赤鬼に何用なのだ……。

閻魔堂赤鬼を捜して来たからには、書いた絵草紙に拘《かかわ》りがあるのに違いない。

麟太郎は読んだ。

若い武士は、大きく溜息を吐《つ》いて千鳥橋を渡り、両国《りようごく》広小路に向かった。

よし……。

麟太郎は尾行た。


若い武士は、両国広小路を横切り、神田川《かんだがわ》に架かっている浅草御門《あさくさごもん》を渡った。

麟太郎は尾行た。

若い武士は、蔵前《くらまえ》通りを進んで鳥越橋《とりごえばし》の手前を西に曲がった。

麟太郎は、慎重に追った。

若い武士は、猿屋町《さるやちよう》沿いを進んで外れの辻《つじ》を北に曲がった。そして、鳥越川に架かっている甚内橋《じんないばし》を渡って尚《なお》も進み、武家屋敷街に入った。

若い武士は、元鳥越三筋町《もととりごえみすじまち》に連なる武家屋敷の前に立ち止まった。

麟太郎は、素早く物陰に潜んだ。

若い武士は、辺りを鋭い眼差しで油断なく見廻し、武家屋敷に入って行った。

麟太郎は見届けた。

若い武士は何者なのか……。

麟太郎は、辺りを見廻した。

斜向《はすむか》いの旗本屋敷から下男が現れ、表門前の掃除を始めた。

よし……。

麟太郎は、旗本屋敷の表門前を掃除する下男に駆け寄った。

「付かぬ事を尋ねるが……」

「はい。何でしょうか……」

下男は、麟太郎に怪訝《けげん》な眼を向けた。

「あの屋敷は梶原八兵衛さまのお屋敷かな」

麟太郎は、若い武士の入った屋敷を示した。

「いえ。あそこは小普請組《こぶしんぐみ》の白倉紳一郎《しらくらしんいちろう》さまのお屋敷にございます」

「白倉紳一郎さま……」

「はい。左様にございます」

「お蔦どのと申す御新造《ごしんぞ》のいらっしゃる梶原さまのお屋敷ではないのか……」

「は、はい。白倉紳一郎さまに御新造さまはおいでにならず、下男の藤助《ふじすけ》さんと二人暮らしですよ」

下男は、戸惑った面持ちで麟太郎を見詰めた。

「そうか、梶原さまのお屋敷ではないのか……」

麟太郎は肩を落とした。

「はい……」

下男は、哀《あわ》れむように頷《うなず》いた。

麟太郎は、下男に礼を云《い》って三筋町の武家屋敷の連なりを離れた。

「造作を掛けたな……」

麟太郎は来た道を戻った。

戯作者閻魔堂赤鬼を捜しているのは、白倉紳一郎と云う小普請組の御家人だった。

何処かで逢《あ》ったか……。

麟太郎は、思いを巡らせた。だが、白倉紳一郎と逢った覚えはなかった。

逢った覚えのない白倉紳一郎は、何故《なにゆえ》に閻魔堂赤鬼を捜しているのか……。

麟太郎は読んだ。

絵草紙か……。

戯作者の閻魔堂赤鬼を捜すのは、書いた絵草紙に拘りがあるからなのだ。

もし、そうなら新作の絵草紙の『娘白浪情けの仇討譚』が拘っているのかもしれない。

麟太郎は睨《にら》んだ。

絵草紙『娘白浪情けの仇討譚』は、子供の頃に両親を悪旗本に殺された娘が盗っ人になり、仇討をする復讐譚だ。

その絵草紙『娘白浪情けの仇討譚』が、御家人の白倉紳一郎とどのような拘りがあると云うのだ。

麟太郎は、両国広小路から横山町《よこやまちょう》を通って通《とおり》塩町《しおちょう》から浜町堀に架かっている緑橋を渡った。

「麟太郎さん……」

地本問屋『蔦屋』二代目主《あるじ》のお蔦が、元浜町の方から麟太郎に駆け寄って来た。

「やあ……」

麟太郎は立ち止まった。

「店に来たって聞いたので、今閻魔長屋に行って来たのよ」

「そうか。丁度良かった。ちょいと付き合ってくれ」

麟太郎は、近くの蕎麦《そば》屋に行こうとした。

「いいわよ。じゃあ……」

お蔦は、傍《そば》にある甘味処に向かった。

「えっ、甘味処……」

麟太郎は、渋々お蔦に続いた。


「おまちどおさまです」

甘味処の小女《こおんな》は、麟太郎とお蔦の前に汁粉《しるこ》を置いた。

「あら、美味《おい》しそう……」

お蔦は、嬉しそうに汁粉を食べ始めた。

麟太郎も箸を取った。

「で、麟太郎さんは、その白倉紳一郎って御家人、知らないのね」

お蔦は、汁粉を食べながら訊《き》いた。

「うん。初めて聞く名でな、顔にも見覚えはないのだ」

麟太郎は眉をひそめた。

「そして、戯作者の閻魔堂赤鬼を捜しているとなると……」

「絵草紙に拘りがあるのだろうな……」

「だとしたら、新作の娘白浪情けの仇討譚ですか……」

「うん。それ以前の絵草紙だったら、もっと早く捜し始めているだろうからな」

麟太郎は読んだ。

「ええ。そう云えば娘白浪情けの仇討譚、売れ行き上々で刷り増し。良かったわね」

お蔦は喜んだ。

「うん。ありがたい話だ……」

「で、拘っているのはその娘白浪情けの仇討譚の話の筋か、登場人物……」

お蔦は、汁粉を食べながら読んだ。

「登場人物か……」

「ええ。話の筋は良くある奴ですからね。登場人物の女盗賊の揚羽《あげは》のお蝶《ちょう》、用心棒の浪人の赤星《あかぼし》、それから敵役《かたきやく》の悪旗本鬼島《きじま》。その辺に拘りがあるのかしらね……」

お蔦は首を捻《ひね》った。

「拘りがあると云っても、話の筋も登場人物も何かを手本にした訳でもなく、俺が一生懸命に考えて書いた絵草紙だ。そいつの何処に何の拘りがあるのか……」

麟太郎は汁粉を食べた。

「ねっ、麟太郎さん、考え過ぎじゃあないかしら……」

「考え過ぎ……」

「ええ。ひょっとしたら白倉紳一郎、閻魔堂赤鬼の御贔屓《ごひいき》かもしれないわよ」

お蔦は、汁粉を食べ終えて笑った。

「閻魔堂赤鬼の御贔屓……」

麟太郎は、戸惑いを浮かべた。

「ええ。一度逢いたいとか、弟子にしてくれとか、それで捜しているのじゃあないの」

お蔦は読んだ。

「まさか……」

麟太郎は苦笑した。

「でも、世間には物好きな人もいるから……」

「物好きか……」

「ええ。大の御贔屓って奴よ……」

「そうか。閻魔堂赤鬼の大の御贔屓ねえ……」

麟太郎は、お蔦の読みが満更《まんざら》ではなかった。

「ならば、白倉紳一郎に直《じか》に当ってみるべきなのかな……」

麟太郎は、お蔦を窺った。

「ええ。閻魔堂赤鬼に文句があるのか、御贔屓なのか、逢ってみなきゃあ分からない。今は逢うのが一番。違うかしら……」

お蔦は、麟太郎に笑い掛けた。

鬼が出るか蛇《じゃ》が出るか……。

御贔屓か刺客《しかく》か……。

何れにしろ、考えているだけでは何も始まらない。

白倉紳一郎と逢うしかないのだ。

「よし……」

麟太郎は覚悟を決め、冷えた汁粉の残りを食べた。

甘味処は、女客で賑《にぎ》わった。

二

元鳥越三筋町の武家屋敷街は、夕陽に照らされた。
麟太郎は、武家屋敷街にある白倉紳一郎の屋敷にやって来た。
白倉屋敷の木戸門が開き、粋《いき》な形《なり》の女が出て来た。
麟太郎は、思わず物陰に隠れた。
粋な形の女に続き、白倉屋敷から白倉紳一郎が現れた。
麟太郎は見守った。
白倉紳一郎は、粋な形の女と西の三味線堀《しゃみせんぼり》の方に向かった。
どうする……。
麟太郎は、呼び止めるか尾行るか迷った。
呼び止めるのはいつでも出来る……。
麟太郎は、白倉と粋な女を尾行た。
白倉と粋な女は、夕陽を受けて影を背後に長く伸ばした。
粋な形の女は誰だ……。

何処に行くのだ……。

麟太郎は、夕陽の眩《まぶ》しさに眼を細めながら白倉紳一郎と粋な形の女を尾行た。

神田八ツ小路から淡路《あわじ》坂をあがると太田《おおた》姫稲荷《ひめいなり》があり、前には旗本屋敷が並んでいる。

神田川の流れに月影は揺れた。

白倉紳一郎と粋な形の女は、或《あ》る旗本屋敷の前に佇んだ。

麟太郎は、太田姫稲荷から白倉と粋な形の女を見守った。

何処かで見た光景……。

麟太郎は、白倉と粋な形の女が旗本屋敷の前に佇んでいるのを見て戸惑いを覚えた。

若い武士と粋な形の女……。

何処かで見た。

あっ……。

麟太郎は、絵草紙の『娘白浪情けの仇討譚』で揚羽のお蝶と用心棒の赤星が、仇《かたき》の悪旗本鬼島の屋敷を窺って押込む手立てを相談する場面があるのを思い出した。

旗本屋敷の前に佇む白倉紳一郎と粋な形の女は、絵草紙『娘白浪情けの仇討譚』に書かれた赤星とお蝶と同じなのだ。

麟太郎は気が付いた。

白倉と粋な形の女は、何事かを囁《ささや》き合いながら旗本屋敷の周囲を窺った。

閻魔堂赤鬼の『娘白浪情けの仇討譚』では、お蝶と赤星が旗本屋敷の忍び口を探す場面だ。

白倉と粋な形の女も旗本屋敷の忍び口を探しているのか……。

麟太郎は見守った。

白倉と粋な形の女は、忍び口を見極めたのか旗本屋敷から離れ、淡路坂を下り始めた。

麟太郎は尾行た。

白倉紳一郎と粋な形の女は、淡路坂を下りて神田八ツ小路を抜け、柳原《やなぎわら》通りに進んだ。

何処に行くのだ……。

麟太郎は追った。

桜の花片が舞っていた。
俺の家に行く気か……。
麟太郎は、浜町堀沿いの道を行く白倉紳一郎と粋な形の女を追った。
行って何をするのだ……。
麟太郎は、元浜町に行く白倉と粋な形の女の後ろ姿を見詰めた。
物好きな御贔屓……。
麟太郎は、お蔦の睨みを思い出した。
しかし、白倉紳一郎が物好きな御贔屓なら夜中に訪ねて行く筈はない。
行くのは他に用があるからだ。
他の用とは何だ……。
麟太郎は読んだ。
何れにしろ、お蔦の睨みは外れた。
御贔屓か……。
麟太郎は苦笑した。

閻魔堂は蒼白い月光を浴びていた。

白倉紳一郎と粋な形の女は、閻魔堂に手を合わせて閻魔長屋を眺めた。

「此処《ここ》が閻魔長屋ですか……」

粋な形の女は、閻魔長屋を眺めたまま白倉に尋ねた。

「ああ……」

白倉は頷き、木戸から閻魔長屋を見廻した。


閻魔長屋の家々には明かりが灯《とも》されていた。

明かりは小さいが温かく、子供の楽しげな笑い声が洩《も》れていた。

白倉は、閻魔長屋の木戸の傍の家に明かりが灯されていないのに気が付いた。

「で、娘白浪情けの仇討譚を書いた戯作者の閻魔堂赤鬼の家は何処ですか……」

粋な形の女は、白倉に尋ねた。

「おそらくその家だ……」

白倉は、木戸の傍の暗い家を示した。

粋な形の女は、暗い家を見て眉をひそめた。

「出掛けているのかしら……」

「寝るには早過ぎる。おそらくそうだろう」

白倉は読んだ。

「じゃあ……」

「待つしかあるまい……」

白倉は、閻魔堂に向かった。

粋な形の女は続いた。


白倉は立ち止まった。

麟太郎が、閻魔堂の前に佇んでいた。

白倉は、僅かに身構えた。

「私に用か……」

麟太郎は訊いた。

「おぬし……」

白倉は、厳しい面持ちで麟太郎を見据えた。

「戯作者の閻魔堂赤鬼だ……」

麟太郎は告げた。

白倉は緊張を浮かべ、間合いを取って粋な形の女を後ろ手に庇《かば》った。

「おぬしが閻魔堂赤鬼か……」

「ああ。そうだよ。白倉紳一郎さん……」

麟太郎は笑い掛けた。

「何……」

白倉は、自分の名が知られているのに狼狽《うろた》えた。

「私に何の用があるのか聞かせて貰《もら》おうか……」

「お蝶……」

白倉は、背後の粋な形の女に声を掛けた。

お蝶……。

閻魔堂赤鬼の『娘白浪情けの仇討譚』に登場する娘白浪の名前と同じだ。

麟太郎は知った。

お蝶は、麟太郎の顔を見詰めた。

「どうだ……」

「知らない。知りませんよ、こんな人……」

お蝶は、首を横に振った。

「閻魔堂赤鬼、おぬし、何者だ……」

白倉は、刀の柄《つか》を握り締めて腰を僅かに沈めた。

殺気が微《かす》かに湧いた。

「見ての通りの只の浪人だ……」

麟太郎は、白倉を見据えた。

「その只の浪人が何故、お蝶の名と企《くわだ》てを知っているのだ」

「お蝶の名と企て……」

麟太郎は眉をひそめた。

「ああ……」

白倉は頷いた。

「そうか。そこにいるお蝶は、俺の書いた絵草紙の娘白浪のお蝶と同じ事を企てているのか……」

麟太郎は読んだ。

「そうだ。どうしてお蝶の企てを知ったのか、教えて貰おう」

白倉は、麟太郎を厳しく見据えた。

「別に知った訳じゃあない。俺がちょいと考えて思い付いた筋書だ」

麟太郎は告げた。

「思い付いた筋書……」

白倉は、戸惑いを浮かべた。

「うむ……」

「まことか。嘘偽《うそいつわ》りではあるまいな……」

「ああ。尤《もっと》も版元に云わせれば、別に物珍しくもない、良くある筋立だそうだ」

麟太郎は苦笑した。

「良くある筋立……」

白倉は、お蝶を振り返った。

「じゃあ、どうしてお蝶って名前を使ったの」

お蝶は、麟太郎を睨み付けた。

「そいつは俺の好きな名前だから、偶々《たまたま》だ」

「好きな名前……」

お蝶は、呆気《あっけ》に取られた。

「ああ。ま、良くある筋立と云われてみればそうでな。両親を殺された娘が白浪に身を落として仇討をする復讐譚。歌舞伎《かぶき》で云えば十八番、絵草紙の定番って処だ。誰かに聞いた訳でも教えて貰った訳でもないさ」

麟太郎は笑った。

「そうか……」

白倉は、刀の柄から手を放した。

「白倉さん、お蝶、お前さんたち、絵草紙の娘白浪情けの仇討譚を読み、筋立と企てがそっくりなのに驚き、戯作者の閻魔堂赤鬼が何故か企てを知っていると睨んだのか……」

麟太郎は読んだ。

「如何《いか》にも。そして、お蝶の企てに邪魔な者なれば、斬《き》り棄《す》てるつもりだった」

「そいつは剣呑《けんのん》な話だ。どうだ、寒空に立ち話もなんだ。ちょいと付き合ってくれ」

麟太郎は、屈託なく笑い掛けた。

蕎麦屋に客は少なかった。

麟太郎は、白倉紳一郎とお蝶を誘《いざな》って奥の衝立《ついたて》の陰に座り、酒を飲んでいた。

「で、白倉さん、お蝶、太田姫稲荷の前の旗本屋敷の主が仇か……」

麟太郎は、白倉とお蝶に酒を勧めた。

「おぬし……」

白倉は、麟太郎が知っているのに戸惑った。

「何と云う旗本だ……」

麟太郎は、白倉の戸惑いに構わず尋ねた。

「松川監物《まつかわけんもつ》、三千石取りの旗本で私の両親を無礼討《ぶれいう》ちで斬り殺した……」

お蝶は、憎しみを露《あら》わにした。

「無礼討ち……」

麟太郎は眉をひそめた。

「ええ。あんたが書いた絵草紙の娘白浪の両親と同じ、無礼討ちで斬り殺された」

「そうか……」

麟太郎が書いた絵草紙と同じだ。

「して何故だ……」

「五年前、私の両親はお茶の葉の行商をしていて、昌平橋《しょうへいばし》で御武家と擦れ違い、背負っていた荷物が触れたと云い……」

お蝶は、悔しさに声を震わせた。

「背負っていた荷物か……」

「うむ。で、武家は怒り、お蝶の両親をその場で無礼討ちにした……」

白崎は、お蝶に代わって告げた。

「その武家が松川監物か……」

「うむ……」

「処で白倉さんとお蝶は、どんな拘りなのだ」

「お蝶の両親は、昔白倉家に奉公していましてね。お茶の葉の行商をするようになってからも屋敷に出入りしていて、私とお蝶は……」

「幼馴染《おさななじみ》か……」

麟太郎は、絵草紙に書いた娘白浪のお蝶と用心棒の赤星の設定を告げた。

「ええ……」

白倉は頷いた。

「やっぱり……」

麟太郎は頷いた。

「私、両親が斬り殺された後、悪い仲間と付き合うようになりましてね。我に返った時には、一端《いっぱし》の女掏摸《すり》になっていましたよ」

お蝶は、淋《さび》しげに笑った。

「女掏摸……」

鱗太郎は眉をひそめた。

絵草紙のお蝶は、掏摸ではなく盗賊一味の娘白浪だ。

絵草紙と僅かに違った。

「ええ。それで足を洗おうとして、掏摸の親方に追われて、紳一郎さまにお助け戴いたんですよ」

「そうか……」

「うむ。それで私が掏摸の親方と話を着けてな。それからだ、お蝶が両親の仇を討とうとし始めたのは……」

「馬鹿な私が立ち直るには、両親の仇を討つしかない、そう思ったんです……」

お蝶は、冷えた酒を飲んだ。

「それで、白倉さんがお蝶の助っ人に乗り出したか……」

「お蝶の両親には、子供の頃に随分と世話になっていてな。私がお蝶の仇討の助太刀《すけだち》をしても何の不思議もない……」

白倉は笑った。

「仰《おつしや》る通りだな」

麟太郎は、白倉に酌をして手酌で飲んだ。

白倉は酒を飲んだ。

「それにしても、書かれた絵草紙と此程迄《これほどまで》に似ているとは……」

白倉は感心した。

「はい……」

お蝶は頷いた。

「して閻魔堂どの、此の事、旗本の松川監物には……」

白倉は、麟太郎に厳しい眼を向けた。

「安心しろ。勿論《もちろん》、報せぬ……」

麟太郎は笑った。

「忝い……」

白倉は、麟太郎に頭を下げた。

お蝶は、白倉に続いて麟太郎に深々と頭を下げた。

「して白倉さん、お蝶、仇討はいつ……」

「それが未だ松川監物の確かな動きを見定めていなくてな……」

「そうか、ま、焦りは禁物。お蝶、仇討、本懐《ほんかい》を遂げられれば良いな」

鱗太郎は、お蝶に告げた。

「赤鬼先生、娘白浪情けの仇討譚じゃあ、お蝶は悪旗本を討ち果たし、見事に仇討本懐を遂げていますよ」

お蝶は笑った。

「そうか、そうだったな。ならば、絵草紙通りに仇討本懐間違いなしだ」

鱗太郎は微笑《ほほえ》んだ。

蕎麦屋は客足も途絶え、店仕舞いの刻《とき》を迎えていた。

太田姫稲荷の赤い幟旗《のぼりばた》は、桜の花片混じりの風にはためいていた。

鱗太郎は、下《した》っ引《ぴき》の亀吉と太田姫稲荷の境内の茶店で落ち合い、絵草紙『娘白浪情けの仇討譚』と同じ話があるのを教えた。

「へえ。女主人公の名前と筋立が同じなのですか……」

亀吉は驚いた。

「ええ。偶々なんですが、驚きましたよ」

鱗太郎は苦笑した。

「それにしても、旗本の松川監物、荷物が触れたぐらいで、行商の夫婦を無礼討ちにするとは、酷《ひど》い野郎ですね」

亀吉は眉をひそめた。

「ああ。女掏摸のお蝶が仇を討ちたいと願う気持ち、良く分かりますよ」

麟太郎は頷いた。

「ええ……」

「それで亀さん、松川監物の無礼討ち、五年前の事だそうですが、詳しく調べて戴けませんか……」

麟太郎は頼んだ。

「分かりました」

亀吉は引き受けた。

「お願いします。私は松川監物がどんな奴か探ってみます」

麟太郎は、境内の外に見える松川屋敷を厳しい面持ちで見詰めた。

三

南町奉行所の庭の桜は八分咲きだった。

亀吉は、親分の連雀町《れんじやくちよう》の辰五郎と相談して南町奉行所臨時廻《りんじまわ》り同心の梶原八兵衛を訪れ、五年前の旗本松川監物の無礼討ちについて尋ねた。

梶原は、五年前の松川監物の無礼討ちを覚えていた。

「ああ。その無礼討ちなら定町廻《じようまちまわ》りの扱いだったが、余りにも酷い話だったので良く覚えているぜ」

梶原は眉をひそめた。

「そうですか。宜《よろ》しければ、ちょいと詳しく聞かせて戴けませんか……」

亀吉は頼んだ。

「うむ。無礼討ちにされたのは、茶の葉の行商をしていた夫婦でな。茶の葉を入れた箱を背負って昌平橋を渡っていた時、八ツ小路から家来を従えて来た松川監物と擦れ違ってな。家来が邪魔だと行商人の女房を突き飛ばした処、女房がよろめき、荷物が松川に当ったそうだ」

「それで、松川監物が怒ったのですか……」

「ああ、激怒し、土下座して謝る女房と亭主を押さえるように家来たちに命じ、無礼討ちにした……」

「土下座して詫《わ》びる亭主と女房を押さえ付けての無礼討ちですか……」

亀吉は眉をひそめた。

「ああ、土下座して詫びていると云うのに酷い話だ……」

梶原は、行商人夫婦に同情した。

「それでお上《かみ》は……」

「そいつなんだが、扱った同心が、二人を斬り殺して何のお咎《とが》めもないのは余りにも酷い、と評定所《ひょうじょうしょ》に訴え出たのだが……」

「駄目だったのですか……」

「ああ。松川監物が目付《めつけ》たちに金を渡したって噂《うわさ》だ」

梶原は、腹立たしげに告げた。

「そんな。冗談じゃあない……」

亀吉は怒りを覚えた。

「処で亀吉、此の五年前の無礼討ちがどうかしたのか……」

「ええ。その時、無礼討ちにされた行商人夫婦の娘がちょいと……」

亀吉は、言葉を濁した。

「ほう。行商人夫婦の娘か……」

梶原は苦笑した。

「はい……」

「亀吉、此の話の出処、もしかしたら……」

梶原は、亀吉を見据えた。

「はい。麟太郎さんです」

亀吉は頷いた。

「やはりな……」

梶原は微笑んだ。


淡路坂には神田川からの風が吹き、僅かな桜の花片が舞っていた。

麟太郎は、松川屋敷の周囲の旗本屋敷を廻り、中間小者《ちゅうげんこもの》や出入りの商人《あきんど》に監物の評判を聞き込んだ。

松川監物は、家来や中間下男などの奉公人を虫けらのように扱い、家中の者を手討にした事もあったと云う。

威張り、狡猾《こうかつ》で冷酷《れいこく》な男……。

松川監物の評判や噂に良い物は、何一つなかった。

閻魔堂赤鬼の書いた『娘白浪情けの仇討譚』に出て来る悪旗本より質《たち》の悪い奴だ。

麟太郎は、呆《あき》れたように松川屋敷を眺めた。

松川屋敷から中年の家来が現れ、辺りを見廻して淡路坂を足早に下って行った。

麟太郎は追った。


神田八ツ小路は多くの人が行き交っていた。

松川家の中年の家来は、八ツ小路を通り抜けて柳原通りに進んだ。

麟太郎は尾行た。

中年の家来は、筋違御門《すじかいごもん》の前を通って柳森《やなぎもり》稲荷《いなり》に入った。


柳森稲荷の鳥居前には、古着屋、古道具屋、七味唐辛子売りなどが露店を出し、奥に葦簀《よしず》張《ば》りの飲み屋があった。

中年の家来は、葦簀張りの飲み屋に入った。

麟太郎は、葦簀張りの飲み屋を透かし見た。

飲み屋の中では、中年の家来が若い武士と逢っていた。

白倉紳一郎……。

麟太郎は、中年の家来が逢っている若い武士が白倉紳一郎だと見定めた。

何をしているのだ……。

麟太郎は、白倉と中年の家来を見守った。

僅かな刻が過ぎた。

白倉が、葦簀張りの飲み屋から出て来た。

「やあ……」

麟太郎は笑い掛けた。

「おぬしか……」

白倉は苦笑した。

「松川の家来か……」

麟太郎は、葦簀張りの飲み屋で酒を飲み始めた中年の家来を一瞥した。

「ええ。屋敷に忍び込むのは難しいので、出掛けた時を狙おうと思いましてね。桑原《くわはら》英次郎《えいじろう》、松川監物の動きを売ってくれるのですよ」

白倉は、酒を飲む中年の家来、桑原英次郎を見た。

「それで松川監物の動き、何か分かったのかな……」

「ええ……」

白倉は頷いた。

「じゃあ……」

麟太郎は眉をひそめた。

「娘白浪情けの仇討は間もなくです」

白倉は、小さな笑みを浮べた。

「間もなく……」

「ええ。桑原によると、松川監物は五日後に母親の祥月命日《しょうつきめいにち》で、僅かな供を従えて白山権現《はくさんごんげん》前にある松川家菩提寺《ぼだいじ》の大明寺《だいめいじ》に行く……」

「そこを狙うか……」

「うむ。閻魔堂赤鬼の絵草紙とは違うがな」

「本懐を遂げるのが先決だ。どのような手立てでも構わぬだろう」

麟太郎は云い放った。

「そう思うか……」

「うむ……」

麟太郎は頷いた。

「そうか。ではな……」

白倉は嬉しげな笑みを浮べ、麟太郎に会釈をして踵を返した。そして、柳森稲荷を出て柳原通りを和泉橋《いずみばし》に向かった。

麟太郎は見送った。

お蝶の仇討は近い……。

麟太郎は、葦簀張りの飲み屋を眺めた。

松川家の中年の家来の桑原英次郎は、葦簀張りの中で酒を飲み続けていた。

桑原英次郎、信用出来るのか……。

麟太郎に疑いが過《よ》ぎった。

仮に本当でも、主の動きを金で売るような男に信用出来る奴はいない。

となると……。

麟太郎は、葦簀張りの中で酒を飲んでいる桑原英次郎を見詰めた。


南町奉行所内の奉行役宅の庭の桜は、やはり八分咲きだった。

内与力《うちよりき》の正木平九郎は、下城して来た根岸肥前守《ひぜんのかみ》に同心たちの報告で気になる事柄を報せた。

「それから臨時廻りの梶原八兵衛ですが、麟太郎どのが五年前の旗本の無礼討ちに首を突っ込んでいるようだと……」

「麟太郎が五年前の旗本の無礼討ちに首を突っ込んでいるだと……」

肥前守は眉をひそめた。

「はい。旗本松川監物が五年前に行商人の夫婦を無礼討ちにした一件に……」

「ああ。松川が金で握り潰した一件か……」

肥前守は思い出した。

「左様にございます」

「首を突っ込むとは、麟太郎、何か拘りがあるのかな……」

「御奉行、此の閻魔堂赤鬼の新作が拘っているのやもしれませぬ」

平九郎は、肥前守に『娘白浪情けの仇討譚』の絵草紙を差し出した。

「娘白浪情けの仇討譚だと……」

肥前守は、絵草紙を手に取った。

「はい……」

「面白いのか……」

「聞く処によれば、閻魔堂赤鬼の絵草紙にしては、中々の売れ行きだそうにございます」

平九郎は微笑んだ。

「ほう。中々の売れ行きか……」

肥前守は、秘かに喜んだ。

「はい。その筋立は、旗本に無礼討ちされた夫婦の娘が仇討をすると云うものです」

平九郎は告げた。

「成《な》る程《ほど》。五年前の無礼討ちの一件と良く似ているのだな」

「左様にございます」

「ならば平九郎、麟太郎と旗本の松川監物を秘かに見張るよう、梶原に命じるのだ」

「心得ました」

「そして、万が一の時には忖度《そんたく》無用とな……」

肥前守は、不敵な笑みを浮べた。


日暮れが近付いた。

小《こ》石川《いしかわ》白山権現の参拝客も途絶えた。

麟太郎は、白山権現前の大明寺を訪れた。

「五日後ですか……」

若い修行僧は戸惑いを浮かべた。

「ええ。五日後、淡路坂の旗本松川監物さまの亡くなった御母堂さまの祥月命日の御法要だと伺いましたが……」

麟太郎は尋ねた。

「いいえ。松川家の御母堂さまの祥月命日は三日後にございますが……」

若い修行僧は、麟太郎に怪訝な眼を向けた。

「三日後……」

麟太郎は眉をひそめた。

「はい……」

若い修行僧は頷いた。

「間違いありませんか……」

「そりゃあもう……」

若い修行僧は頷いた。

「そうですか。いや、御造作をお掛け致しました」

麟太郎は礼を述べた。

松川監物の亡き母親の祥月命日は、五日後ではなく三日後だった。

松川家家中の桑原英次郎は、白倉紳一郎に偽の情報を流した。

此のままでは、お蝶と白倉紳一郎は桑原に教えられた法要の日取りを信じ込み、仇討を仕掛ける機会を逃す事になる。

桑原は、何が狙いで白倉に偽の情報を流したのだ。

麟太郎は、桑原の腹の内を読んだ。

桑原は、己に近付いた白倉紳一郎の事を主の松川監物に報せた。

松川監物は命が狙われていると気付き、桑原を使って罠《わな》を仕掛けたのかもしれない。

亡き母親の祥月命日を利用し、己の命を狙っている者を誘《おび》き出《だ》して討ち果たす。

松川は、桑原に偽の情報を売らせた。そして、三日後に亡き母親の法要を終え、五日後に己の命を狙っている白倉たちを始末する企みなのだ。

麟太郎は読んだ。

狡猾で冷酷な男……。

麟太郎は、松川監物の評判を思い出した。

おのれ松川監物、そうはさせぬ……。

麟太郎は不敵な笑みを浮べた。

日は暮れた。

大明寺参道の連なる石灯籠《いしどうろう》に灯された明かりは、八分咲きの桜の花を淡く照らしていた。

閻魔堂は月明かりに淡く浮かんでいた。

麟太郎は、歩きながら閻魔堂に片手拝みをして閻魔長屋の木戸を潜ろうとした。

「罰当《ばちあ》たりな参拝ですね」

亀吉の苦笑混じりの声がした。

えっ……。

麟太郎は立ち止まり、閻魔堂を振り返った。

亀吉が、貧乏徳利と笹包みを持って閻魔堂の陰から出て来た。

「やあ、亀さん……」

「旗本の松川監物を肴《さかな》に一緒に酒を飲もうと思いましてね」

亀吉は、貧乏徳利と笹包みを見せた。

火鉢に熾《お》きた炭火は、掛けられた鉄瓶の底を温めた。

「そろそろ良いでしょう」

麟太郎は鉄瓶を取り、亀吉の湯呑茶碗に温めた酒を注いだ。

温められた酒は、仄《ほの》かな湯気を漂わせた。

「こいつはどうも、じゃあ……」

亀吉は、鉄瓶を取って麟太郎の湯呑茶碗に酒を注いだ。

麟太郎は、笹包みを開けた。

笹包みには、稲荷寿司が並んでいた。

「こいつは美味そうだ」

「じゃあ……」

麟太郎と亀吉は、稲荷寿司を肴に湯呑茶碗の酒を飲み始めた。

「して、旗本の松川監物、何か分かりましたか……」

麟太郎は、亀吉に笑い掛けた。

「ええ。冷酷な酷い奴ですぜ……」

亀吉は、厳しい面持ちで告げた。

「評判は聞きましたよ」

「五年前の行商夫婦の無礼討ち、家来に押さえ付けさせて斬ったそうですよ」

亀吉は、腹立たしげに酒を飲んだ。

「押さえ付けて……」

麟太郎は眉をひそめた。

「ええ。それで、扱った同心の旦那が評定所に訴えたのですが、松川の野郎、金で握り潰したそうですぜ」

「おのれ……」

麟太郎は、怒りを過ぎらせた。

「で、麟太郎さんの方は……」

「うん。そいつなんだが、白倉紳一郎さんとお蝶、松川の屋敷に押込んで本懐を遂げるのは無理だと見極め、法要に出掛ける時を狙う事にしたようです」

「法要に行く時ですか……」

亀吉は酒を飲んだ。

「ええ。ですが、どうやら松川監物、罠を企んでいるようなんですよ」

麟太郎は、湯呑茶碗の酒を飲みながら告げた。

「罠……」

亀吉は眉をひそめた。

「ええ。家来を使って法要の日取りを偽って教え、白倉紳一郎たちを誘き出して返討《かえりう》ちにする企てのようです」

麟太郎は、己の睨みを告げた。

「松川監物、冷酷な上に狡猾で卑怯《ひきょう》な酷い野郎ですね」

亀吉は吐き棄てた。

「ええ……」

「で、どうするんですか……」

亀吉は、麟太郎の出方を窺った。

「勿論、松川監物の企みを打ち破り、お蝶に仇討本懐を遂げさせてやりますよ」

麟太郎は不敵に云い放ち、湯呑茶碗の酒を飲み干した。

四

旗本松川監物の亡き母親の祥月命日の法要は、四日後ではなく二日後……。

翌日、麟太郎は白倉紳一郎に報せた。

「本当ですか……」

白倉は眉をひそめた。

「ええ。昨日、松川家菩提寺の大明寺に赴き、松川家の法要の日取りを確かめた処、五日後ではなく三日後だと……」

麟太郎は告げた。

「おのれ桑原英次郎、謀《はか》りおって……」

白倉は、松川家家中の桑原英次郎に騙《だま》された事に気が付き、憤った。

「おそらく松川監物、先に法要を済ませ、後に偽の日取りでおぬしたちを誘き寄せて、何者かを見極めて討ち果たす企みなのだ」

麟太郎は読んでみせた。

「罠ですか……」

「如何にも……」

麟太郎は頷いた。

「紳一郎さま……」

お蝶は、不安げに白倉を見詰めた。

「案ずるな、お蝶。松川監物、必ず討ち果たす……」

白倉は、お蝶に云い聞かせた。

お蝶は、掏摸の足を洗ってから白倉屋敷で下女働きをしていた。

白倉は、麟太郎に茶を出したお蝶にそのままいるように命じていた。

「ならば……」

麟太郎は、白倉の出方を窺った。

「ええ。二日後、法要に行く松川監物を狙います」

白倉は、厳しい面持ちで告げた。

「紳一郎さま……」

「お蝶、良いな」

「はい……」

お蝶は、その眼を輝かせて頷いた。

「良く分かった。ならば私も及ばずながら御助勢致す」

麟太郎は微笑んだ。


梶原八兵衛は、亀吉の話を聞いて内与力の正木平九郎に報せた。

「そうか。お蝶と白倉紳一郎、二日後、仇討を決行するか……」

正木は眉をひそめた。

「はい……」

「して、閻魔堂赤鬼も助太刀するか……」

「間違いありますまい」

梶原は苦笑した。

「で、梶原、松井監物の動きは……」

「只今、連雀町の辰五郎と亀吉が張り付いて見張っておりまして、何か動きがあれば、直ぐに報せが来る手筈です」

「そうか……」

正木は頷いた。


旗本松井監物に動きはなく刻は過ぎ、法要の日が訪れた。

麟太郎は、連雀町の辰五郎や亀吉と松川屋敷を見張っていた。

表門が開き、数人の家来を従えた武家駕籠《かご》が出て来た。

従う家来の中には、桑原英次郎もいた。

武家駕籠一行は水道橋《すいどうばし》に向かった。

「駕籠、松川監物が乗っているのに間違いありませんぜ」

辰五郎は睨んだ。

「行き先は小石川白山権現の前の大明寺。俺、お蝶と白倉紳一郎に報せます」

麟太郎は元鳥越三筋町に走った。

「亀吉、俺は此のまま松川たちを追う。お前は梶原の旦那にな……」

「承知……」

辰五郎は松川一行を追い、亀吉は梶原の許に急いだ。


神田川の流れに桜の花片が揺れた。

松川監物の乗った武家駕籠は、桑原たち家来に護《まも》られて神田川に架かっている水道橋を渡り、水戸《みと》藩《はん》江戸上屋敷脇の道を小石川に進んだ。

辰五郎は追った。

松川一行は、小石川片町《かたまち》から馬場《ばば》の前を通って白山権現の前に出た。

松川家菩提寺の大明寺は、白山権現の斜向いにあった。

松川一行は、白山権現の前を通って大明寺に進んだ。

麟太郎が現れ、松川一行の前に立ちはだかった。

松川一行は立ち止まった。

「おのれ何者だ。旗本松川監物さまの御駕籠先を遮《さえぎ》るとは許さぬぞ」

供侍の頭が怒鳴った。

桑原たち家来は、麟太郎を取り囲んだ。

行き交う者たちが立ち止まり、恐ろしげに囁き合った。

辰五郎は見守った。

「何事だ……」

武家駕籠の戸が開き、初老の痩《や》せた武士が顔を出した。

「殿、駕籠先を邪魔する無礼者が……」

供侍は告げた。

武家駕籠に乗っていた初老の痩せた武士は、旗本松川監物に間違いなかった。

「何、無礼者だと……」

松川監物は、武家駕籠を降りて麟太郎を睨み付けた。

「松川監物か……」

麟太郎は笑い掛けた。

「おのれ。松川監物と知っての狼藉《ろうぜき》か。皆の者、取り押えて引き据えろ。儂《わし》が此の手で無礼討ちにしてくれる」

松川は、瘦せた頰《ひ》を引き攣《つ》らせて酷薄な笑みを浮かべた。

桑原たち家来が、麟太郎を捕らえてその場に引き据えようとした。

「汚い手で触るな、無礼者……」

麟太郎は怒鳴り、家来たちを次々に殴り、蹴り、張り倒した。

松川、供侍頭、桑原は怯《ひる》み、後退《あとずさ》りした。

「松川監物……」

白倉紳一郎とお蝶が背後に現れた。

「し、白倉……」

桑原は狼狽えた。

「桑原、誑《たぶら》かそうとした報《むく》いは後だ」

白倉は、桑原を睨み付けた。

「と、殿、お命を狙っているのは此奴《こやつ》らです」

桑原は、松川に訴えた。

「何……」

「松川監物。五年前、昌平橋で行商の夫婦を無礼討ちにしたのを覚えているな」

白倉は、松川監物を厳しく見据えた。

「ご、五年も昔の事など知るか……」

「お蝶……」

白倉は、お蝶を促した。

「はい。松川監物、お前に無惨に斬り殺された行商人の安吉とおあき夫婦の娘お蝶、今こそ両親の恨みを晴らす」

お蝶は、短刀を抜いて構えた。

「御家人白倉紳一郎、義によって助太刀致す」

白倉は、刀を抜き放った。

「おのれ慮外者《りよがいもの》が。斬れ、斬り棄てい……」

松川は怒鳴った。

供侍頭は、猛然とお蝶に斬り掛かった。

白倉は、横手からお蝶の前に飛び込み、供侍頭と斬り結んだ。

「お蝶、松川監物を早く……」

白倉は、供侍頭と激しく斬り結んだ。

お蝶は、松川監物に向かった。

「桑原、斬れ、此の女を斬れ……」

桑原は、お蝶に斬り掛かった。

刹那《せつな》、麟太郎が桑原に体当たりして弾き飛ばした。

桑原は、顔から無様《ぶざま》に倒れ込んで気を失った。

松川は狼狽え、後退りして逃げようとした。

梶原八兵衛と亀吉が現れ、松川の行く手を塞いだ。

松川は狼狽えた。

白倉が供侍頭を斬り棄て、松川に迫った。

「退《ど》け、退け……」

松川は、慌てて刀を振り廻した。

「馬鹿野郎……」

梶原は、松川を蹴飛ばした。

松川はよろめいた。

刹那、白倉は鋭い一刀を放って松川の刀を弾き飛ばした。

松川は凍て付いた。

「お蝶……」

白倉は促した。

「お父《と》っつあんとおっ母《か》さんの仇……」

お蝶は、短刀を構えて立《た》ち竦《すく》んだ松川に体当たりした。

短刀は、松川の腹に突き刺さった。

松川は仰《の》け反《ぞ》った。

お蝶は、短刀に力を込めて松川に押込んだ。

「お、おのれ……」

松川は、顔を醜く歪《ゆが》めてお蝶に摑《つか》み掛かろうとした。

お蝶は、咄嗟《とっさ》に突き飛ばした。

松川は、腹を血に濡らして仰向けに倒れた。

お蝶は、血塗《ちまみ》れの匕首を握り締めて激しく震えた。

麟太郎は、倒れた松川に駆け寄ってその生死を検《あらた》めた。

松川監物は絶命していた。

「仇討本懐、見事だ……」

麟太郎は、お蝶に笑い掛けた。

「やったな、お蝶……」

白倉は喜んだ。

「は、はい。ありがとうございました」

お蝶は泣き崩れた。

「良かった、本当に良かった……」

白倉は頷いた。

麟太郎は微笑んだ。

桜の花は満開の刻を迎えた。


南町奉行所の桜は咲き誇った。

「そうか。お蝶なる娘、旗本松川監物を斃《たお》して両親の仇を討ったか……」

根岸肥前守は頷いた。

「はい。白倉紳一郎なる御家人と麟太郎どのの助太刀を受け、見事に仇討本懐を遂げたそうにございます」

正木平九郎は告げた。

「仇討本懐か……」

「はい……」

「だが平九郎、町奉行所に仇討の届けが出ていたのか……」

肥前守は眉をひそめた。

「はい。出されておりました」

「出されていた……」

「はい。梶原八兵衛によって出されておりました」

「そうか、梶原が出しておったか……」

「はい。御奉行の言い付け通り松川監物には忖度無用でしたが、お蝶と白倉紳一郎には……」

「忖度したか……」

肥前守は苦笑した。

「はい。ま、麟太郎どのの所為《せい》ですか……」

正木は笑った。

「して平九郎、松川監物の人を人とも思わぬ悪行の確かな証拠、あるのだな」

肥前守は尋ねた。

「はい。松川家家中の桑原英次郎なる者、主の監物の命でお蝶と白倉紳一郎を騙し討ちにしようと罠を仕掛けた事などを白状しておりますし、他にもいろいろと……」

正木は苦笑した。

「悪行の証拠には事欠かぬか……」

「左様にございます」

「よし。ならば平九郎、此の一件、仇討として裁くが良い」

肥前守は命じた。

桜の花は咲き誇った。


白山権現前の仇討は、刻を置かずに江戸市中に広まった。

江戸の庶民は喝采《かっさい》した。

南町奉行根岸肥前守は、お蝶の仇討を認めた。

評定所は、旗本松川監物の非道な行いを悪行と認め、松川家を閉門として家禄《かろく》を減知《げんち》した。

お蝶は、南町奉行所から放免され、請人《うけにん》である御家人白倉紳一郎の元鳥越三筋町の屋敷に引き取られた。

白倉紳一郎は、これまで通り老下男と共にお蝶を温かく迎えた。

流石《さすが》は根岸肥前守……。

麟太郎は、一件を速《すみ》やかに仇討として裁いた南町奉行の根岸肥前守に感心し、感謝した。

桜の花は満開となり、江戸の人々は花見を楽しんだ。

お蝶の仇討は花見の格好の肴となり、旗本松川監物の非道振りとお蝶の孝心の話で賑やかに盛り上がった。

お蝶の仇討の評判が上がれば上がる程、閻魔堂赤鬼の書いた絵草紙『娘白浪情けの仇討譚』は売れる筈だ……。

麟太郎は、軽い足取りで通油町の地本問屋『蔦屋』を訪れた。

「あっ、赤鬼先生、いらっしゃいませ……」

地本問屋『蔦屋』に客は少なく、小僧の友吉が掃除の手を止めて麟太郎を迎えた。

「やあ、二代目はいるかな……」

「はい、帳場に……」

小僧の友吉は告げた。

「そうか。邪魔をするぞ」

麟太郎は、地本問屋『蔦屋』の暖簾を威勢良く潜った。

二代目主のお蔦と番頭の幸兵衛は、帳場で算盤《そろばん》を入れながら何事か相談をしていた。

「やあ……」

「あら、いらっしゃい……」

お蔦は迎えた。

「おう。どうかな売れ行きは……」

麟太郎は声を弾ませた。

「売れ行きとは……」

番頭の幸兵衛は眉をひそめた。

「そりゃあもう、刷り増しをした娘白浪情けの仇討譚の売れ行きだ」

「そいつがぴったりと止まりましてね」

「売れ行きが止まった……」

麟太郎は、幸兵衛に怪訝な眼を向けた。

「ええ……」

幸兵衛の応対は、売れ行きの良かった時と掌《てのひら》を返したように違った。

「刷り増しをしたのにか……」

麟太郎は、戸惑いを浮かべた。

「はい……」

幸兵衛は、帳簿を付けながら頷いた。

「何故だ、二代目……」

麟太郎は、お蔦に尋ねた。

「娘仇討情けの本懐……」

お蔦は、絵草紙の外題《げだい》らしき事を告げた。

「えっ、何だ。そりゃあ……」

麟太郎は、『娘白浪情けの仇討譚』に良く似た外題に困惑した。

「やっぱり、作り物の絵草紙より本当の事の方が面白いし、強いのよねえ……」

お蔦は苦笑した。

「えっ。じゃあ……」

「お蝶さんの仇討の評判があがればあがる程、閻魔堂赤鬼先生の娘白浪情けの仇討譚は売れなくなったんですよ」

「刷り増しをした分だけ大損ですよ」

幸兵衛は、算盤を入れながら不愉快そうに云い棄てた。

「そんな……」

麟太郎は、言葉を失った。

お蝶の仇討に助太刀をして本懐を遂げさせた事が、己の書いた絵草紙の売れ行きを止めてしまったのだ。

己の手で己の首を締めたのか……。

麟太郎は気付いた。

だが、好きでした事ならば仕方がない。

麟太郎は、潔《いさぎよ》く事態を受け入れて諦めた。


満開の桜の花は舞い散った……。

本書は文庫書下ろし作品です。

|著者| 藤井邦夫　1946年北海道旭川市生まれ。テレビドラマ「特捜最前線」で脚本家デビュー。刑事ドラマ、時代劇を中心に、監督、脚本家として多数の作品を手がける。2002年に時代小説作家としてデビューし、以来多くの読者を魅了している。「大江戸閻魔帳」（講談社文庫）をはじめ、「新・秋山久蔵御用控」（文春文庫）、「新・知らぬが半兵衛手控帖」（双葉文庫）、「御刀番　左京之介」（光文社文庫）、「江戸の御庭番」（角川文庫）、「素浪人稼業」（祥伝社文庫）などの数々のシリーズがある。

笑《わら》う女《おんな》　大江戸閻魔帳《おおえどえんまちょう》㈣

藤井邦夫《ふじいくにお》

講談社文庫

定価はカバーに
表示してあります

2020年5月15日第1刷発行

発行者――渡瀬昌彦
発行所――株式会社　講談社
東京都文京区音羽2-12-21　〒112-8001
電話　出版（03）5395-3510
　　　販売（03）5395-5817
　　　業務（03）5395-3615

Printed in Japan

デザイン―菊地信義
本文データ制作―講談社デジタル製作
印刷―――豊国印刷株式会社
製本―――株式会社国宝社

ISBN978-4-06-519663-2

講談社文庫刊行の辞

二十一世紀の到来を目睫に望みながら、われわれはいま、人類史上かつて例を見ない巨大な転換期をむかえようとしている。

世界も、日本も、激動の予兆に対する期待とおののきを内に蔵して、未知の時代に歩み入ろうとしている。このときにあたり、創業の人野間清治の「ナショナル・エデュケイター」への志を現代に甦らせようと意図して、われわれはここに古今の文芸作品はいうまでもなく、ひろく人文・社会・自然の諸科学から東西の名著を網羅する、新しい綜合文庫の発刊を決意した。

激動の転換期はまた断絶の時代である。われわれは戦後二十五年間の出版文化のありかたへの深い反省をこめて、この断絶の時代にあえて人間的な持続を求めようとする。いたずらに浮薄な商業主義のあだ花を追い求めることなく、長期にわたって良書に生命をあたえようとつとめるところにしか、今後の出版文化の真の繁栄はあり得ないと信じるからである。

同時にわれわれはこの綜合文庫の刊行を通じて、人文・社会・自然の諸科学が、結局人間の学にほかならないことを立証しようと願っている。かつて知識とは、「汝自身を知る」ことにつきていた。現代社会の瑣末な情報の氾濫のなかから、力強い知識の源泉を掘り起し、技術文明のただなかに、生きた人間の姿を復活させること。それこそわれわれの切なる希求である。

われわれは権威に盲従せず、俗流に媚びることなく、渾然一体となって日本の「草の根」をかたちづくる若く新しい世代の人々に、心をこめてこの新しい綜合文庫をおくり届けたい。それは知識の泉であるとともに感受性のふるさとであり、もっとも有機的に組織され、社会に開かれた万人のための大学をめざしている。大方の支援と協力を衷心より切望してやまない。

一九七一年七月

野間省一

講談社文庫 最新刊

柚月裕子
合理的にあり得ない
〈上水流《かみづる》涼子《りょうこ》の解明〉
危うい依頼は美貌の元弁護士がケリつけます！『孤狼《ころう》の血』『盤上の向日葵《ひまわり》』著者鮮烈作。

真保裕一
オリンピックへ行こう！
卓球、競歩、ブラインドサッカー各競技で日本代表を目指すアスリートたちの爽快感動小説。

西尾維新
人類最強の初恋
人類最強の請負人《うけおいにん》・哀川潤《あいかわじゅん》を、星空から『物体』が直撃！ 奇想天外な恋と冒険の物語、開幕。

森 博嗣
ダマシ×ダマシ
〈SWINDLER〉
探偵事務所に持ち込まれた結婚詐欺の依頼は殺人事件に発展する。Xシリーズついに完結。

黒澤いづみ
人間に向いてない
親に殺される前に、子を殺す前に。悶絶と号泣の心理サスペンス、メフィスト賞受賞作！

藤井邦夫
笑 う 女
〈大江戸閻魔帳㈣〉
霧雨の中裸足《はだし》で駆けてゆく女に行き合った戯作《げさく》者《しゃ》麟太郎。亭主殺しの裏に隠された真実とは？

行成 薫
スパイの妻
満州から戻った夫にかかるスパイ容疑。妻が辿り着いた驚愕の真相とは？ 緊迫の歴史サスペンス！

講談社文芸文庫

加藤典洋
村上春樹の世界
解説＝マイケル・エメリック

世界的な人気作家を相手につねに全力・本気の批評の言葉で向き合ってきた著者が作品世界の深淵に迫るべく紡いできた評論を精選。遺稿「第二部の深淵」を収録。

かＰ６
978-4-06-519656-4

加藤典洋
テクストから遠く離れて
解説＝高橋源一郎　年譜＝著者、編集部

ポストモダン批評を再検証し、大江健三郎、高橋源一郎、村上春樹ら同時代小説の読解を通して来るべき批評の方法論を開示する。急逝した著者の文芸批評の主著。

かＰ５
978-4-06-519279-5

藤田宜永　女系の総督
藤田宜永　血の弔旗
藤田宜永　大雪物語
藤　水名子　紅嵐記（上）（中）（下）
藤原伊織　テロリストのパラソル
藤田紘一郎　笑うカイチュウ
藤本ひとみ　新・三銃士　少年編・青年編〈ダルタニャンとミラディ〉
藤本ひとみ　皇妃エリザベート
福井晴敏　亡国のイージス（上）（下）
福井晴敏　川の深さは
福井晴敏　終戦のローレライ I～IV
福井晴敏　平成関東大震災〈いつか来るとは知っていたが今日来るとは思わなかった〉
藤原緋沙子　遠花火〈見届け人秋月伊織事件帖〉
藤原緋沙子　春《はる》疾《はや》風《て》〈見届け人秋月伊織事件帖〉
藤原緋沙子　暖《ぬくめ》鳥《どり》〈見届け人秋月伊織事件帖〉
藤原緋沙子　霧の路《みち》〈見届け人秋月伊織事件帖〉
藤原緋沙子　鳴《なる》子《こ》守《もり》〈見届け人秋月伊織事件帖〉
藤原緋沙子　夏ほたる〈見届け人秋月伊織事件帖〉

藤原緋沙子　笛吹川〈見届け人秋月伊織事件帖〉
藤原緋沙子　青《せい》嵐《らん》〈見届け人秋月伊織事件帖〉
椹野道流　亡羊の嘆〈鬼籍通覧〉
椹野道流　新装版　暁天の星〈鬼籍通覧〉
椹野道流　新装版　無《む》明《みょう》の闇〈鬼籍通覧〉
椹野道流　新装版　壺《こ》中《ちゅう》の天〈鬼籍通覧〉
椹野道流　新装版　隻《せき》手《しゅ》の声〈鬼籍通覧〉
椹野道流　新装版　禅《ぜん》定《じょう》の弓〈鬼籍通覧〉
椹野道流　池《ち》魚《ぎょ》の殃《わざわい》〈鬼籍通覧〉
深水黎一郎　世界で一つだけの殺し方
深水黎一郎　ミステリー・アリーナ
深水黎一郎　倒叙の四季〈破られた完全犯罪〉
藤谷　治　花や今宵の
深町秋生　ダウン・バイ・ロー
古市憲寿　働き方は「自分」で決める
船瀬俊介　かんたん「1日1食」!!〈万病が治る！ 20歳若返る！〉
二上　剛　黒薔薇　刑事課強行犯係　神木恭子
二上　剛　ダーク・リバー〈暴力犯係長　葛城みずき〉
藤野可織　おはなしして子ちゃん

古野まほろ　身元不明《ジェーン・ドウ》〈特殊殺人対策官　箱﨑ひかり〉
古野まほろ　陰陽少女
藤崎　翔　時間を止めてみたんだが
藤井邦夫　大江戸閻魔帳《えんまちょう》
藤井邦夫　三つの顔〈大江戸閻魔帳（一）〉
藤井邦夫　渡世人〈大江戸閻魔帳（二）〉
福澤徹三　忌《い》み地〈怪談社奇聞録〉
糸《し》柳《やな》寿《とし》昭《あき》
辺見　庸　抵抗論
星　新一　エヌ氏の遊園地
星　新一編　ショートショートの広場①～⑨
本田靖春　不当逮捕
保阪正康　昭和史七つの謎
保阪正康　昭和史七つの謎 Part2
保坂和志　未明の闘争（上）（下）
堀江敏幸　熊の敷石
堀江敏幸　燃焼のための習作
本格ミステリ作家クラブ編　探偵の殺される夜〈本格短編ベスト・セレクション〉
本格ミステリ作家クラブ編　墓守刑事の昔語り〈本格短編ベスト・セレクション〉
本格ミステリ作家クラブ編　子ども狼ゼミナール〈本格短編ベスト・セレクション〉

講談社文庫　目録

村上　龍　新装版 限りなく透明に近いブルー
村上　龍　新装版 コインロッカー・ベイビーズ
村上　龍　歌うクジラ (上)(下)
向田邦子　新装版 眠る盃
向田邦子　新装版 夜中の薔薇
村上春樹　風の歌を聴け
村上春樹　1973年のピンボール
村上春樹　羊をめぐる冒険 (上)(下)
村上春樹　カンガルー日和
村上春樹　回転木馬のデッド・ヒート
村上春樹　ノルウェイの森 (上)(下)
村上春樹　ダンス・ダンス・ダンス (上)(下)
村上春樹　遠い太鼓
村上春樹　国境の南、太陽の西
村上春樹　やがて哀しき外国語
村上春樹　アンダーグラウンド
村上春樹　スプートニクの恋人
村上春樹　アフターダーク
村上春樹 佐々木マキ絵　羊男のクリスマス

村上春樹 佐々木マキ絵　ふしぎな図書館
村上春樹 糸井重里　夢で会いましょう
村上春樹・文 安西水丸・絵　ふわふわ
U・K・ル＝グウィン 村上春樹訳　空飛び猫
U・K・ル＝グウィン 村上春樹訳　帰ってきた空飛び猫
U・K・ル＝グウィン 村上春樹訳　素晴らしいアレキサンダーと、空飛び猫たち
U・K・ル＝グウィン 村上春樹訳　空を駆けるジェーン
T・ファリッシュ著 B・ルート絵 村上春樹訳　ポテト・スープが大好きな猫
群ようこ　いいわけ劇場
村山由佳　永遠。
村山由佳　天翔る
睦月影郎　新・平成好色一代男 隣人と。女子アナと。
睦月影郎　密通妻
睦月影郎　卒業一九七四年
睦月影郎　初夏一九七四年
睦月影郎　快楽のグルメ
睦月影郎　快楽のリベンジ
睦月影郎　快楽ハラスメント
睦月影郎　快楽アクアリウム

向井万起男　渡る世間は「数字」だらけ
村田沙耶香　授乳
村田沙耶香　マウス
村田沙耶香　星が吸う水
村田沙耶香　殺人出産
村瀬秀信　気がつけばチェーン店ばかりでメシを食べている
室積　光　ツボ押しの達人
室積　光　ツボ押しの達人 下山編
森村誠一　悪道
森村誠一　悪道 西国謀反
森村誠一　悪道 御三家の刺客
森村誠一　悪道 五右衛門の復讐
森村誠一　悪道 最後の密命
森村誠一　棟居刑事の復讐
森村誠一　日蝕の断層
森村誠一　ねこの証明
毛利恒之　月光の夏
森　博嗣　すべてがFになる 〈THE PERFECT INSIDER〉
森　博嗣　冷たい密室と博士たち 〈DOCTORS IN ISOLATED ROOM〉

講談社文庫　目録

森博嗣　笑わない数学者〈MATHEMATICAL GOODBYE〉
森博嗣　詩的私的ジャック〈JACK THE POETICAL PRIVATE〉
森博嗣　封印再度〈WHO INSIDE〉
森博嗣　幻惑の死と使途〈ILLUSION ACTS LIKE MAGIC〉
森博嗣　夏のレプリカ〈REPLACEABLE SUMMER〉
森博嗣　今はもうない〈SWITCH BACK〉
森博嗣　数奇にして模型〈NUMERICAL MODELS〉
森博嗣　有限と微小のパン〈THE PERFECT OUTSIDER〉
森博嗣　黒猫の三角〈Delta in the Darkness〉
森博嗣　人形式モナリザ〈Shape of Things Human〉
森博嗣　月は幽咽のデバイス〈The Sound Walks When the Moon Talks〉
森博嗣　夢・出逢い・魔性〈You May Die in My Show〉
森博嗣　魔剣天翔〈Cockpit on knife Edge〉
森博嗣　恋恋蓮歩の演習〈A Sea of Deceits〉
森博嗣　六人の超音波科学者〈Six Supersonic Scientists〉
森博嗣　捩れ屋敷の利鈍〈The Riddle in Torsional Nest〉
森博嗣　朽ちる散る落ちる〈Rot off and Drop away〉
森博嗣　赤緑黒白〈Red Green Black and White〉
森博嗣　四季　春～冬
森博嗣　φ《ファイ》は壊れたね〈PATH CONNECTED φ BROKE〉
森博嗣　θ《シータ》は遊んでくれたよ〈ANOTHER PLAYMATE θ〉
森博嗣　τ《タウ》になるまで待って〈PLEASE STAY UNTIL τ〉
森博嗣　ε《イプシロン》に誓って〈SWEARING ON SOLEMN ε〉
森博嗣　λ《ラムダ》に歯がない〈λ HAS NO TEETH〉
森博嗣　η《イータ》なのに夢のよう〈DREAMILY IN SPITE OF η〉
森博嗣　目薬α《アルファ》で殺菌します〈DISINFECTANT α FOR THE EYES〉
森博嗣　ジグβ《ベータ》は神ですか〈JIG β KNOWS HEAVEN〉
森博嗣　キウイγ《ガンマ》は時計仕掛け〈KIWI γ IN CLOCKWORK〉
森博嗣　χ《カイ》の悲劇〈THE TRAGEDY OF χ〉
森博嗣　イナイ×イナイ〈PEEKABOO〉
森博嗣　キラレ×キラレ〈CUTTHROAT〉
森博嗣　タカイ×タカイ〈CRUCIFIXION〉
森博嗣　ムカシ×ムカシ〈REMINISCENCE〉
森博嗣　サイタ×サイタ〈EXPLOSIVE〉
森博嗣　女王の百年密室〈GOD SAVE THE QUEEN〉
森博嗣　迷宮百年の睡魔〈LABYRINTH IN ARM OF MORPHEUS〉
森博嗣　赤目姫の潮解〈LADY SCARLET EYES AND HER DELIQUESCENCE〉
森博嗣　まどろみ消去〈MISSING UNDER THE MISTLETOE〉
森博嗣　地球儀のスライス〈A SLICE OF TERRESTRIAL GLOBE〉
森博嗣　今夜はパラシュート博物館へ〈THE LAST DIVE TO PARACHUTE MUSEUM〉
森博嗣　虚空の逆マトリクス〈INVERSE OF VOID MATRIX〉
森博嗣　レタス・フライ〈Lettuce Fry〉
森博嗣　僕は秋子に借りがある I'm in Debt to Akiko〈森博嗣自選短編集〉
森博嗣　どちらかが魔女 Which is the Witch?〈森博嗣シリーズ短編集〉
森博嗣　探偵伯爵と僕〈His name is Earl〉
森博嗣　喜嶋先生の静かな世界〈The Silent World of Dr. Kishima〉
森博嗣　実験的経験〈Experimental experience〉
森博嗣　そして二人だけになった〈Until Death Do Us Part〉
森博嗣　つぶやきのクリーム〈The cream of the notes〉
森博嗣　つぼやきのテリーヌ〈The cream of the notes 2〉
森博嗣　つぼねのカトリーヌ〈The cream of the notes 3〉
森博嗣　ツンドラモンスーン〈The cream of the notes 4〉
森博嗣　つぼみ茸《きのこ》ムース〈The cream of the notes 5〉
森博嗣　つぶさにミルフィーユ〈The cream of the notes 6〉
森博嗣　月夜のサラサーテ〈The cream of the notes 7〉
森博嗣　つんつんブラザーズ〈The cream of the notes 8〉
森博嗣　１００人の森博嗣〈100 MORI Hiroshies〉

2020年3月15日現在